생각의 채널

생각의 채널

초판 1쇄 인쇄일 2016년 5월 30일
초판 1쇄 발행일 2016년 6월 3일

지은이 정용권
펴낸이 양옥매
디자인 최원용
교 정 조준경

펴낸곳 도서출판 책과나무
출판등록 제2012-000376
주소 서울시 마포구 방울내로 79 이노빌딩 302호
대표전화 02.372.1537 **팩스** 02.372.1538
이메일 booknamu2007@naver.com
홈페이지 www.booknamu.com
ISBN 979-11-5776-198-2(03810)

이 도서의 국립중앙도서관 출판시도서목록(CIP)은 서지정보유통지원 시스템
홈페이지(http://seoji.nl.go.kr)와 국가자료공동목록시스템
(http://www.nl.go.kr/kolisnet)에서 이용하실 수 있습니다.
(CIP제어번호 : CIP2016013198)

Meditation Essay

묵상 에세이

생각의 채널

정용권 지음

현대를 살아가는 모든 사람들에게 작은 소통과 함께

따뜻한 메시지를 전하고 싶었습니다

여러분의 생각이 복잡하고 삶이 복잡할수록 의미를 찾으십시오

추천의 글 1

임정석
(영등포교회 담임목사)

글이란 말과 달라서 출판을 하여 세상에 내어 놓으려 하면 신경이 많이 쓰여서 매우 신중하게 되는데 이러한 과정을 거쳐 영등포교회에서 함께 동역하고 있는 정용권 목사님께서 목회를 하면서 틈틈이 쓴 글을 모아 「생각의 채널」이란 귀한 옥고를 출판하게 됨을 축하합니다.

켈리그라피(caligraphy)란 미(美)를 뜻하는 켈리(Calli)와 화풍, 서풍, 서법 혹은 개성적인 그림 표현을 의미하는 그라피Ggraphy)가 합성된 단어로서 기계적 표현이 아닌 손으로 표현한 "서예풍의 아름답고 개성 있는 글자들"을 의미하는데 적절하게 잘 표현하였다고 생각됩니다.

내용의 구성도 보면 제1부 현대를 살아가는 사람들에게, 제2부 믿음의 길을 걸어가는 사람들에게, 제3부 하나님의 사랑을 말하다, 이렇게 구성하여 context인 현대(現代)에서 믿음으로 나아가 하나님에게로 나아가는 점진적인 부드러운 동선을 은은하게 취함이 보기에 좋으며 켈리그라피

(caligraphy)에 적합하다고 생각됩니다.

바라기는 이 책을 접하고 읽는 많은 분들이 저자의 의도를 따라 현대(現代)에서 믿음을 거쳐 하나님에게로 나아가게 되는 쾌거(快擧)가 풍성하게 일어나게 되기를 바랍니다.

추천의 글 2

김운용
(장로회신학대학교 교수)

텔레비전과 인터넷으로 대표되는 시대는 적게 생각한다는 특징이 있습니다. 오락성에 매료되어 있는 시대는 복잡한 것을 싫어하고 깊은 사고를 싫어합니다. 마르바 던은 현대 문명을 비평하면서 "현대 커뮤니케이션 매체의 발전은 우리의 경험을 넓혀주기는 했지만 깊게 만들지는 못했다"고 주장합니다. 과거에 비해 많은 정보를 누리고 살지만 인생에 대한 관점과 깊이와 높이가 왜소해 졌음이 사실입니다. 실제로 과도하게 텔레비전을 시청한 어린아이들은 그렇지 않는 아이들보다 더 작은 뇌를 갖고 있었으며, 집중력 역시 훨

씬 약했고 상상력과 창조성 역시 약화되고 있는 것으로 나타나고 있습니다.

현대는 분주함으로 특징 지워집니다. 모두가 바쁘게 살아가는 삶의 모퉁이에서 함께 분주하게 달리다 보면 자기 성찰은 약해지고, 과연 내가 바로 살고 있는지, 바른 방향으로 달리고 있는지도 잊은 채 살아갈 수 있습니다. 그래서 박노해 시인은 이른 새벽 일어나 나직이 자신의 마음을 살피면서 "나는 순수한가"라는 질문을 끊임없이 던진다고 합니다. "나의 분노는 순수한가/ 나의 열정은 은은한가/ 나의 슬픔은 깨끗한가/ 나의 기쁨은 떳떳한가/ 오 나의 강함은 참된 강함인가…"

본서는 목회 현장에서 분주한 사역을 감당하면서도 구도자의 정신으로 자기를 성찰하고, 현대인을 향하여 그동안 연구와 사역의 현장에서 고민하고 기도해 왔던 한 젊은 목회자가 들려주는 이야기입니다. 자신의 생각과 고민, 그리고 자신이 찾은 생명의 길에 대한 이야기를 따뜻하게 풀어가고 있습니다. 그동안 저자는 한국과 미국에서 현대 사회의 방향성과 문화를 고민하며 신학의 오솔길에서 깊은 연구

와 숙고의 시간을 가지신 분으로 길을 잃어버린 현대인들에게 삶의 의미를 전하고자 하였습니다. 직접 그린 캘리그라피와 사진까지 담아 격려와 영원한 사랑의 메시지를 전하고 있습니다. 박노해 시인의 노래처럼 책을 읽다보면 "나팔꽃 피어나는 소리"와 "어둠의 껍질 깨고 동터오는 소리"를 듣게 됩니다. 따라서 오늘 삶의 의미를 찾는 분들과 믿음의 여정에서 격려가 필요하신 분들에게 일독을 권합니다.

추천의 글 3

황금봉
(영남신학대학교 교수)

현대 한국교회의 목회실천 현장은 매우 조직적이고 체계적인 행정과 성과중심의 목회결실을 기대하는 여유 없는 현장이라 하겠습니다.

이러한 목회현장 안에서 목회자들의 일상은 성도들을 대상으로 하는 일방적인 수여자로서의 부담감이 있습니다. 그래서 서정적인 자기 돌봄을 가져볼 수 있는 쉼과 여유를 느껴볼 수조차 없게 된 조직, 과중한 목회의 중압감이 어깨에서 내려지지 않는 무거운 목회직무 중에 있습니다.

그러나 이러한 상황 속에서도 늘 새롭게 삶의 주변들을 되돌아 살피며 인간 심성의 본연적인 감성과 서정적인 느낌들을 글로 써내려가는 잔잔하고 맑은 정용권 목사님의 글들과 색감들은 신선한 충격 같은 느낌을 주었습니다.

바람이 있다면 목사님의 맑은 심성과 영성, 그리고 서정적이고 감성적인 관점들이 현대인들과 한국교회 성도들에게 신선한 순환의 기회를 열어갈 수 있게 되기를 간절히 소망합니다.

추천의 글 4

김재원
(KBS 아나운서)

생각은 참 복잡한 골목길입니다.
수많은 단어와 한없는 감정이 어우러져, 오만 가지 생각을 만들어 냅니다.

생각을 바둑판처럼 정리하면 좋겠습니다.
칸칸이 필요한 생각을 넣어두고, 쓸모없는 생각은 지워버렸으면 좋겠습니다.

마음은 또 얼마나 어려운 지도인지요.
이 길이 맞는 것 같다가도, 저 길이 떠올라 갈팡질팡하기 일쑤입니다.

마음에도 네비게이션이 있으면 좋겠습니다.
이 길로 가라할 때 이 길로 가고, 저 길로 가라할 때 저 길로 가면 좋겠습니다.

세상은 또 어찌나 혼란스러운지 모릅니다.
내 것과 다른 생각과 마음들이 나를 분주하게 하고 길을 잃게 만듭니다.

이 책은 당신의 인생 주파수를 찾아드립니다.
생각 바둑판과 마음 내비게이션이 되어 당신의 삶을 정돈

해 드립니다.

이 책은 당신의 평온한 일상을 찾아드립니다.
그리고 당신의 눈과 귀를 쉬게 해드립니다.

이 책에는 성공도, 부유함도, 명예도 없습니다.
그래서 당신이 당신의 진짜 모습을 찾도록 도와 드립니다.

한 사람의 생각이 궁금하다면, 일기장을 들여다보고 싶다
면 이 책을 펼치십시오.
이제 당신의 생각 채널은 우리 하나님께 맞춰졌습니다.

추천의 글 5

방혜승
(서울 로뎀나무 내과 원장)

사람들은 저마다의 방식대로 살아갑니다. 어느 것이 옳고
그름의 문제가 아니라 각자에게 주어진 삶의 자리에서 '어떻
게 살아가는가'에 대한 관심은 매우 중요합니다. 그런 의미에

서 목사님의 글은 잔잔한 메시지와 따뜻함이 묻어납니다. 그리고 비그리스도인과 그리스도인에게 현대를 살아가면서 발견해야 할 소중한 관점과 방향을 제공해 주었다고 생각합니다. 이 책을 통해 많은 분들이 저자가 말하는 삶의 의미를 되찾고, 하나님의 사랑을 발견할 수 있기를 간절히 소망합니다.

추천의 글 6

김석진
(시온메드 대표)

사람들 누구나 인생의 길을 걷다보면 지치고 힘든 순간을 맞이하게 됩니다. 또 어떤 선택의 길목에서 나아가야 할 방향을 몰라 방황할 때도 많고 매순간 최선의 선택을 한다고는 하지만 기대와는 다르게 좌절과 절망을 경험하기도 합니다. 이 책은 열심히 앞만 보고 질주하다 발걸음을 멈추고 올려다본 맑은 하늘을 느끼는 감동과 같이 삶과 사람을 향한 가치와 감사를 맑은 맘으로 다시 한 번 느낄 수 있는 시간을 허락합니다. 저자의 섬세하고 따뜻한 마음의 메시지가 잘 반영된 must have 지침서라 할 수 있습니다.

P R O L O G U E

이 책을 읽으시는
모든 분들에게

이 책이 나오기까지 많은 생각들과 고민들이 있었습니다. 글쎄요! 무엇부터 말해야 할까요? 일단 제가 목회자이자, 생애 처음으로 출간하는 책이라는 점에서 고민이 있었습니다. 그리고 지금의 시대에서 목회자로 살아간다는 것이 큰 부담으로 작용했습니다. 그 이유는 교회와 목회자들이 세상과 비그리스도인과 잘 소통하지 못하고 간격(gap)이 점점 더 벌어지기 때문입니다. 또 그리스도인이 세상에서 올바로 살아가지 못하고 있기 때문입니다.

이 책을 만든 이유는 다음과 같습니다.
첫째, 현대를 살아가는 사람들(비그리스도인)에게 작은 소통과 함께 따뜻한 메시지를 전하고 싶었기 때문입니다. 여러분의 생각이 복잡하고 삶이 복잡할수록 의미를 찾으십시오.

둘째, 믿음의 길을 걸어가는 사람들에게(그리스도인) 다시 한 번 바른 신앙인으로서의 회복과 격려의 메시지를 드리고 싶었습니다.

셋째, 모두가 복잡하고 어려운 시대를 살아가고 있는 이때에 하나님의 사랑을 말하고 싶었습니다. 그래서 하나님의 사랑으로 인하여 행복했으면 좋겠습니다.

그래서 저는 이 책이 너무 거창하지 않아도 작지만, 단 한 사람이라도 따뜻한 위로와 의미 그리고 삶의 회복과 믿음의 변화가 있다면 그것만으로 만족합니다.

저만의 스타일로 캘리그라피(calligraphy)도 준비했습니다. 개인적으로 바쁜 목회 일상 가운데 캘리를 배운 적도 없고 그리 높은 수준도 아니지만, 오히려 아마추어라서 더 예쁘게 봐 주셨으면 좋겠습니다.

저는 꿈을 꿉니다.

여러분들이 하나님의 사랑 안에서 하루하루의 삶이 행복하고 의미 있었으면 좋겠습니다. 그리고 치열한 삶의 전쟁터 속에서 오늘도 열심히 살아가는 모든 사람들에게 하나님의 크신 위로와 축복이 있기를 기원합니다.

아무쪼록 이 작은 책 한 권이 여러분에게 소통을 위한 소중한 러브레터(love letter)가 되기를 소망합니다. 감사합니다.

contents

PART 01
현대를 살아가는 사람들에게

PART 02
믿음의 길을 걸어가는 사람들에게

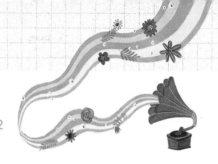

PART 03
하나님의 사랑을 말하다

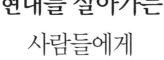

PART 01

현대를 살아가는
사람들에게

고독에 사로잡혀 있는
사람들에게 [1]

현대인들은 고독에 몸부림치고 있습니다.
고독에 사로잡혀 있는 현대의 사람들
고립된 존재로 살아가는 사람들
앞만 보며 달려가는 사람들.

우리 시대의 정신이 낳은 결과
치열한 생존경쟁사회 속에서
거대한 쓰나미에 묻혀 버린 존재

---

1) 2003년 6월 18일

성공한 사람에게도 고독은 찾아옵니다.

지도자에게도 찾아옵니다.

정상에 올라도 허무함이 존재합니다.

가정에서도 고독은 찾아옵니다.

서로 다른 가치관을 따라 살아갑니다.

인생에 실패한 사람

예민한 사람

신경과민인 사람에게도 찾아옵니다.

결국 자신의 세계에 갇혀 버립니다.

타인과 더불어 살아가기가 어렵습니다.

무엇이 그들로 하여금 고립되게 만드는 것일까요?

목회자도 사역에 치여 때로는 묵상할 시간조차 없습니다.

일반인도 앞만 보고 달려가다 보니,

푸른 하늘을 쳐다볼 여유도 없습니다.

주변에 예쁘게 활짝 피어 있는 꽃을 볼 마음의 여유도 없습니다.

성공한 이들일수록 더더욱 고독 속으로 빠져듭니다.

자신이 가지고 있는 문제를 오픈하지도 못하고 혼자 씨름합니다.

신을 믿지 않는 무신론자들도 고독합니다.
이들은 신을 믿지 않는 대신 성공을 향한
시대적 사상의 흐름 속에서 이리저리 떠밀려 다닙니다.

취업을 앞둔 청년들도, 힘없는 사회적 약자들도
인격적인 존재로 인식하지 못한 채 고독합니다.

남녀 간에도 고독은 욕망을 불러일으킵니다.
소유하지 못해도 고독은 옵니다.
탐욕과 지배욕, 성취욕에 대한 불만이 와도 고독은 옵니다.

그러면 어떻게 고독을 이겨 내야 할까요?
'삶의 의미'를 찾으십시오.

삶의 의미를
찾으십시오 2)

빅터 E. 플랭클(Viktor E. Frankl) 박사는 로고테라피(logotheraphy),
즉 '의미요법'의 창시자입니다. 그는 2차 세계대전 당시 죽음의 수
용소 3) 라고 불리는 아우슈비츠에서 살아남은 사람입니다. 매순간
죽음으로부터의 공포와 고통스러운 노동의 시간, 그리고 인간 이
하의 비인격적인 대우와 위협적인 상황 앞에서 인간의 기본적인
본성에 대한 기본적인 원칙을 발견하였습니다.

2) 2007년 2월 18일
3) Viktor E. Frankl, *Man's search for meaning*, 이시형 역, 『죽음의 수용소
에서』(도서출판: 청아출판사, 2005)

"삶이란 무엇인가?"

그는 그 고통스러운 현장에서의 경험을 토대로 인간 실존의 의미를 찾으려는 인간의 의지에 초점을 맞추었습니다. 그러나 이러한 원칙을 발견하기까지 그가 겪어야 했던 시간들은 말로 표현할 수 없는 시련과 고통의 순간들이었습니다.
하지만 그러한 상황 속에서도 그가 견딜 수 있었던 것은 '사랑하는 가족과의 재회'라는 작은 희망과 의미를 가지고 있었기에 가능했습니다. 그는 결국 그 혹독한 시련과 고통의 시간을 이겨 냈습니다.

그는 수용소에서 살아나온 후 가족을 찾았지만, 안타깝게도 모두 수용소에서 희생된 상황이었습니다. 또다시 큰 슬픔과 절망의 순간에 놓이게 된 것입니다.
그러나 그는 그대로 삶을 포기하거나 주저앉은 것이 아니라 다시 의미를 찾게 됩니다. 즉, 인간 삶에서 고통과 고난은 어쩔 수 없는 현상이지만, 그 고통과 고난의 시간을 '어떻게 이겨 내는가'는 매우 중요하다는 것이지요.

그렇습니다.
당신이 머무는 삶의 자리에서 의미를 찾아보세요. 그리고 여러분이 속해 있는 삶의 자리에 날마다 매순간 의미를 찾으십시오. 고

통과 고난의 시간은 언제든 찾아옵니다. 그러나 '어떻게 이러한
상황들을 이겨 내느냐'가 중요합니다.

당신이 머문 그 자리가 그때는 잘 모르고 힘든 시간들이었지만 삶
의 의미를 찾을 때, 그 의미를 통해 새롭게 다가오는 상황과 순간
앞에서 결코 쉽게 쓰러지지 않고 이겨 낼 수 있는 근거를 발견하
게 될 것입니다.

뜻하지 않는 상황 앞에서[4]

연기파 배우 류승범 씨가 주연한 영화
'만남의 광장'에서 그가 지뢰를 밟는 장면이 있습니다.
그 지뢰를 밟는 장면에서 우리 인생의 한 단면을 봅니다.
지뢰가 터지지 않은 것이지요.
터지지 않는 지뢰를 밟고 그는 생과 사를 넘나들며
며칠을 고생하였습니다.

살다 보면, 뜻하지 않는 위기를 만날 수 있습니다.

4) 2012년 8월 22일

이 또한 지나가리라

This too shall pass away

모를 땐 죽을 것 같습니다.

그런데 잘못 알고 있었다면
너무나도 억울합니다.
분노가 치밉니다.
'왜 하필 나인가'를 묻게 됩니다.

그러나
자신의 인생을 너무 쉽게 비관하지 마십시오.
그 어려움의 순간도 지나갈 것입니다.
오히려 더 큰 문제로 어려움을 당하지 않았음에 감사하십시오.

갑자기 그의 명대사를 떠올려 봅니다.

"하나님은 살아 계십니다."
"지뢰가 터져야지! 왜 안 터지는 거야!
내가 며칠을 왜 고생했는데⋯⋯."

상처의
파편들 5)

나를 괴롭히는 상처들은 무엇입니까?

인간이라면 누구에게나 약점이 있습니다.

상처의 아픔이 있습니다.

때로는 그것이 트라우마(trauma)로 나타나기도 하고

우울증으로 나타나기도 하고

두려움으로 나타나기도 합니다.

또한 그것을 감추기 위해

---

5) 2011년 8월 11일

'거짓 자기(the false self)'로 살기도 합니다.

하지만
연약함이 죄가 아닙니다.
우리는 모두 '상처받은 존재'로서
서로를 격려하고 위로해야 합니다.
치유와 회복을 향한 끊임없는 행진을 계속해야 합니다.

매일의 상처들의 파편 속에서 절대 무릎을 꿇지 마십시오.
그리고 할 수만 있다면 육체와 정신은 서로를 지배하지만,
영적인 삶을 통해 육체와 정신이 회복될 수 있기를 기도합니다.

그래서
신앙이 필요합니다.

끊임없는 선택과
결단의 순간 앞에서[6]

어떤 선택과 결단의 순간 앞에 서 있
는 당신은 다음과 같은 사실을 꼭 기
억하세요.

첫째, 어떤 결과에 대해서 너무 두려
워하거나 주저하지 마십시오.

결국 선택과 결정은 나 자신이 최종적으로 하는 것이지만, 어떤
주제이든지 너무 결과론적으로만 생각한다면 올바른 선택과 결정

6) 2009년 3월 31일

을 할 수 없습니다.

둘째, 과정의 소중함과 의미를 알아 갈 수 있기를 기대합니다.

돌아보면, 그 어떤 것도 아무 가치 없고 의미 없는 것은 없습니다. 때로는 그 선택의 길이 돌아가는 것 같고 불가능의 장벽처럼 느껴진다 할지라도 한 걸음씩 오늘 하루 최선을 다해서 수고하고 노력했다면, 결코 후회 없는 인생의 시간일 것입니다.
하루아침에 자신의 목적과 성공을 이룬 사람은 없습니다. 과정이 좋으면 결과가 좋아질 확률이 많음을 기억하면서 결코 포기하거나 좌절하지 마시길 바랍니다.

셋째, 내가 원하지 않는 인생의 결과라 할지라도 자신을 믿을 수 있기를 바랍니다.

우리는 세상 가운데 직업, 배우자, 비전, 종교, 친구, 전공 등 선택해야 할 수많은 주제들 앞에 서 있습니다. 그 어느 것도 피해 갈 수 없는 선택과 결정 앞에서 이제 자신을 믿을 수 있기를 바랍니다. 나 자신의 인생은 그 누구도 대신 살아 줄 수 없습니다. 자기 자신에 대한 믿음이 없으면 그 어떤 도전도, 선택도 한 걸음 앞으로 나아갈 수 없습니다. 어떤 결과에도 수용할 수 있는 자세와 용기를 가지고 자신을 믿으십시오.

인생의
사계절[7]

스위스의 정신의학자 폴 트루니에(Paul Tournier)는
인생에는 사계절[8]이 있다고 말합니다.

태어나서 20세까지는 봄이고,

20세에서 40세까지는 여름이며,

40세에서 60세까지는 가을이고,

60세에서 80세까지는 겨울이라고 했습니다.

---

7) 2007년 9월 15일

8) Paul Tournier, *The Seasons of Life*, 크티시스 역, 『인생의 계절들』(서울:
   도서출판 쉼북, 2005)

Life is...

우리의 일생은

하나님에 의해서

쓰여진 동화에

불과하다

• 안데르센 •

ANDREW
JEONG
1974

그러나 인생이
봄, 여름, 가을, 겨울의 사계절처럼
순리를 따라 운행되고 있지 않다는 데
우리의 고민이 있습니다.

어느 날 갑자기 슬픔과 고난이 찾아오고
절망과 실패의 위기를 만나게 됩니다.
예고도 없이 질병의 고통이 찾아오는가 하면
나이와 상관없이 죽음을 맞이합니다.

그래서 폴 트루니에는 말합니다.
모든 계절이 나름대로 의미가 있듯이
그럼에도 불구하고 지나간 계절을 반추하며
쓸쓸해하거나 절망하는 것이 아니라,
지금 다가온 계절에 충실해야
성숙한 인생을 살 수 있다고 말합니다.

즉, 봄이면 봄답게 여름이면 여름답게
가을이면 가을답게 겨울이면 겨울답게
그렇게 살아야 한다는 것입니다.

이처럼 인생을 살아가면서

각 계절에 맞게 의미를 만들어 간다는 것은 매우 중요합니다.

젊을 때는 젊음의 열정으로 살아가지만,
중년에는 중년의 중후함으로 살아가면 됩니다.
노년이 되면 과거의 삶을 돌아보면서
남은 생에 대해서 의미를 잘 만들어
후회 없는 마무리를 할 수 있도록 준비하면 됩니다.

여러분의 인생 또한
각 계절마다 의미가 있기를 간절히 바랍니다.

삶: 아름답게 디자인할 감동의 이야기[9)]

현대는 감동이 필요한 시대입니다.
쾌락이 아니라 즐거움이 아니라
감동이 필요합니다.

쾌락은 부어도 끝이 없습니다.
즐거움은 한순간입니다.
이것은 마치 밑 빠진 항아리와도 같습니다.
하지만, 감동은 우리의 삶을 변화시킵니다.

---

9) 2006년 7월 20일

여러분의 삶을 감동의 이야기로 만드십시오.
각자에게 부여받은 삶의 시간은 동일하지 않습니다.
그러나 분명한 것은
인생에 있어서 시간이 '얼마만큼 남았느냐'보다는
'얼마만큼 감동의 이야기를 만들어 가느냐'가 더 중요합니다.

그런 의미에서 살아 숨 쉬는 동안
여러분의 삶을 아름다운 한 편의 감동의 드라마로 만드십시오.
아름다운 이야기가 우리 삶의 주제가 될 때,
세상은 변할 것입니다.
우리의 삶도 변할 것입니다.

여러분의 삶이
아름답게 디자인될 수 있기를
간절히 소망합니다.

죽는 날까지
하늘을 우러러

한 점 부끄럼이
없기를…
○윤동주○

마음:
들리지 않는 전쟁터[10]

Can you hear me?

들리지 않는 두드림.
마음은 행동을 이끌어 갑니다.
마음이 없는 행동은 없습니다.

마음속에 어떤 '의미와 존재를 담느냐'에 따라
표현되는 양식도 달라집니다.

---

10) 2008년 4월 2일

언제나 '선과 악' 두 긴장 사이에서

오늘도 마음은 전쟁 중입니다.

배려: 따뜻한 마음이 담긴 매너의 기본[11)

우리는 끊임없는 관계성 속에서 살아갑니다.
만남이 있고, 그 만남 속에서 행동과 마음을 이어 갑니다.

그런 의미에서 배려는
모든 만남의 관계 속에서 가장 멋진 매너(manner)의 기본입니다.
남자든지, 여자든지 상대를 향한 배려의 마음과 자세는
언제나 편안함과 기쁨을 가져다줍니다.

11) 2008년 4월 8일

배려는 마음과 마음을 연결하는 공감이 형성됩니다.
그리고 상대방의 마음을 움직이는 힘이 있습니다.

거창하지 않아도 작지만 세심하게 배려할 수 있는 마음이 있다면
상대방은 분명히 감동받을 것입니다.
그리고 배려하는 만큼 상대방의 마음을 움직일 수 있습니다.

현재, 지금, 바로, 당신이 서 있는 그 만남의 자리에서부터
배려의 마음과 자세를 가지고 시작해 보십시오!
배려는 조금만 더 노력하고 관심을 가져도
실천할 수 있는 매너입니다.

배려하는 마음속에
서로를 행복하게 만드는 작은 천국이 이루어질 것입니다.

미소: 누군가에게 평안을 주는 힘[12]

활짝 웃는 따뜻한 미소를 보내 보세요.
내가 만나는 소중한 모든 사람들에게…….

따뜻한 미소는 세상 그 어떤 언어의 표현보다
마음의 평안을 주는 힘이 있습니다.

그리고
그들도 미소 짓게 합니다.

---

12) 2010년 3월 10일

美笑

Smile Again

그대!

오늘도 활짝 미소 지어 보세요.

매력: 사람의 마음을 끌어당기는 힘[13]

국어사전에서 매력은 "사람의 마음을 끌어당기는 묘한 힘"이라고 정의하고 있습니다.

한 사람에게 매력이 있다는 것은 그만큼 가치가 있고, 사랑받을 만한 조건을 갖춘 아주 좋은 강점입니다. 그런데 그러한 매력은 타고날 수도 있지만, 자기관리(self-management)나 노력(effort)으로도 만들어 갈 수 있습니다.

여기서 오해하지 말 것은 어떤 외형적 매력을 위해 인위적으로 만

13) 2010년 3월 5일

들어 가는 과정을 말하는 것이 아닙니다.

내게 어떤 매력이 있다는 것은 자신의 삶을 위해서도 중요합니다. 분명한 것은 매력이 있으면 시선을 받게 되고, 시선을 받게 되면 몸도 마음도 예뻐지기 때문입니다.

살아가다 보면 남성이든 여성이든 정말 매력적인 이미지를 발산하는 사람들을 보게 됩니다. 그때 한순간이지만, 그 짧은 시간 동안 마음의 기쁨과 아름다운 감성의 풍요로움을 느끼게 됩니다. '사람이 꽃보다 아름답다'는 의미를 다시 한 번 재발견하게 됩니다.

그래서 제 생각은 이렇습니다.

기왕이면 매력적인 사람이 되도록 노력하세요. 매력적인 사람 곁에는 사람들이 모이고, 그 사람들은 당신을 사랑하게 됩니다. 내가 사랑받으면 또한 내 삶이 여유로워지고 다른 사람을 사랑할 수 있는 마음의 여유도 아울러 생기게 됩니다.

분명한 것은 남성이든 여성이든 그들이 사랑을 받고 있을 때, 그리고 그러한 사실을 느낄 때가 가장 아름답습니다.

외면의 매력도 중요하지만, 나이가 들면 들수록 내면의 아름다움(성품과 인격)과 매력을 만들어 가는 것도 중요하다는 사실을 꼭 잊지 마세요.

추억: 현재로 끌어오는 과거의 소중한 기억[14]

모든 사람들에게는
삶의 이야기가 있습니다.
어느 누구도 사연이 없고
스토리가 없는 인생은 없습니다.

모양만 다를 뿐
각자에게 주어진
과거에 담겼던 소중한 추억들은

---

14) 2004년 5월 6일

가끔씩 아주 가끔씩
또 다른 의미와 그리움으로 다가옵니다.

그렇습니다.
추억은 현재로 끌어오는
과거의 소중한 기억입니다.

이 기억 안에 현재가 있고
미래가 있습니다.
그리고 삶을 노래합니다.

내면의
아름다움[15]

모과는 정말 제멋대로 생겼습니다.

그럼에도 불구하고 모과가 사랑을 받는 이유는 눈으로는 볼 수 없는 감추어진 매력이 있기 때문입니다. 그중에서 가장 큰 매력은 생김새를 뛰어넘어 향기가 좋다는 것입니다. 즉, 내면의 향기와 아름다움이 있다는 것이지요.

겉모습만 보고 사람을 판단하는 시대, 그래서 너도나도 내면의 아름다움보다는 외모를 꾸미기에 더 큰 관심을 쓰고 열중하는 시

---

15) 2009년 4월 23일

대를 우리는 살아가고 있습니다.

다음에 들려드리는 이야기를 한 번 들어보세요. 우리 시대의 현
실을 잘 반영해 줍니다.

Q: 저는 명문 여대를 졸업하고 일류 기업에 다니고 있는 28세의
여성입니다. 이제 결혼을 생각하고 있는데요. 문제는 남자들
이 절 별로 좋아하지 않는다는 것입니다. 제가 머리는 좋지만
외모가 뛰어나지 못해서인 것 같아요. 한편 제 날라리 친구 하
나는 얼굴 좀 예쁘다고 남자들한테 인기 만점입니다. 우리나
라 남자들은 언제쯤 진정한 여성관을 갖게 될까요? 선생님의
현명한 견해를 듣고 싶습니다.

A: 많은 남성들이 외모만으로 여성을 평가하는 잘못된 태도를 가
지고 있는 것은 사실입니다. 당신은 최고의 신붓감이니 앞으
로 자신감을 가지고 살아가십시오. 그건 그렇고, 그 친구분 전
화번호 좀 알려 주실래요?

누군가가 현실을 반영하며 재미있게 만든 이야기이지만, 씁쓸한
마음이 드는 것은 사실입니다.

외모의 아름다움은 잠깐입니다. 아름다운 꽃들도 얼마간의 시간

이 지나면 시들어 버립니다. 그러나 비록 시들어 버린다 할지라도 그 아름다운 이미지의 영상은 오래갑니다.

아름다운 추억들도 그렇습니다. 지금은 비록 나이를 먹었다 할지라도 과거의 젊은 날의 추억들을 떠올려 보면 너무나도 소중하고 아름답습니다. 때로는 아쉬움이 있기도 하고, 그리움이 있기도 하겠지만, 그 역시 너무나도 짧은 순간들입니다.

그렇다면 내면의 아름다움은 어떻게 만들어 간다는 것입니까? 저절로 주어지는 것일까요? 여러분들은 어떻게 생각하십니까?

내면의 아름다움은 결코 저절로 주어지는 것이 아닙니다. 내면의 아름다움은 꾸준히 실천하고 노력하는 사람들에게 주어집니다. 내면의 아름다움은 단시간에 만들어지는 것이 아니라 오랜 시간 부드러운 인격과 따뜻한 심성에서 만들어지는 아름다움입니다.

"40대 이후의 얼굴은 자기 책임"이라는 말이 있습니다.

사람의 얼굴을 보면 그 사람의 살아온 흔적이 보입니다. 다른 사람들이 나의 얼굴을 보고 따스함을 느끼고, 편안함을 느끼는 얼굴을 가져야 하지 않겠습니까?
그런 얼굴은 어떻게 만들어집니까? 겉으로부터 만들어지는 것이 아니라 속으로부터 만들어집니다. 일시적으로 만들어지는 것이 아니라 최소한 40년이라는 긴 시간을 필요로 합니다. 이렇게 긴 시간을 통해서 인생을 배웁니다.

기억하십시오.
겉모양을 꾸미는 것은 잠깐이면 할 수 있고 그 아름다움은 잠시이지만, 속사람을 꾸미는 일은 시간도 많이 걸리지만 한 번 만들어지면 죽을 때까지 가지고 갑니다.
보이는 것이 전부가 아닙니다. 보이지 않는 내면의 아름다움을 잘 만들어 가고 간직해 갈 때, 당신은 정말 아름다운 사람이 될 것입니다.

사랑을 시작하는 사람들에게[16]

"사랑은 배워야 할 감정입니다."

이 표현은 월터 트로비쉬[17]의 주장입니다.
아주 공감할 만한 관점입니다.

인간은 사랑을 잘할 것 같은데
사실은 모두가 사랑에 서툴다는 것입니다.

---

16) 2000년 2월 16일
17) Walter Trobisch, *Love is a Feeling to be Learned*, 『사랑은 배워야 할
   감정입니다』(서울: IVP, 1997)

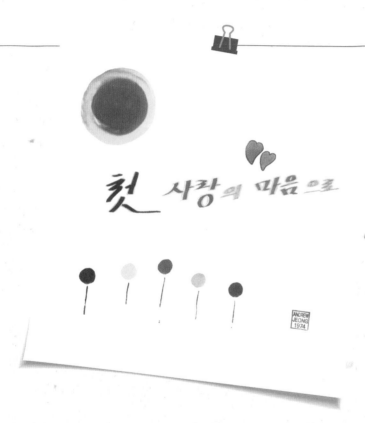

첫 사랑의 마음으로

그리고 처음부터 사랑에 뛰어난 사람은 없습니다.
사랑은 배움이라는 과정을 통해 이해되어져 가는 것입니다.

'행복'이라는 것도 결국 사랑의 한 부분입니다.
'고통'도 사랑의 한 부분입니다.
'갈등'도 사랑의 한 부분입니다.

그래서요!
사랑의 이름으로 시작하기 전에 꼭 기억하십시오!
사랑은 올바른 가치를 향해 나아가야 합니다.
단순히 감정으로 열정으로만 시작하지 마십시오.
상대방을 존중하고 배려하는 마음부터 시작하십시오.

그리고 부족한 부분을 서로 배우며 다듬어 가십시오.
미숙한 사랑에서 성숙한 사랑이 되려면
그 무엇이든 도움이 될 만하다면 배우셔야 합니다.

그리고 하나님의 사랑가운데 보호를 받으십시오.
사랑은 하나님께서 인간에게 주신 소중한 감정이기 때문입니다.

한 사람의 마음을 얻기까지는 [18]

한 사람의 마음을 얻기까지는

.

.

.

.

그렇게 단순하지가 않습니다.

그것은 당신에게서 진실함을 발견할 때까지

---

18) 2011년 3월 27일

시간이 걸리기 때문입니다.

하늘의 별을 따다 줄 정도의 화려한 언어적 유희와
달콤한 속삭임으로도
한 사람의 마음을 쉽게 얻을 수 없습니다.
얼마간의 시간이 지나 당신의 거짓된 가면(persona)을 보게 되면
다시 마음을 닫아 버릴 수가 있기 때문입니다.

흔들리지 않는 당신의 진실함을 보여주세요.
그리고 그 진실함이 변질되지 않을 때
마음의 문은 열려지게 되어 있습니다.

그대는[19)]

그거 알아요?

하루 24시간, 1440분, 86,400초.

그대는 사랑해야 하고

사랑받아야 할 존재라는 거.

세상의 중심에 서서

삶의 중심에 서서

---

19) 2014년 1월 29일

오늘도 사랑의 이름으로

행복한 사랑의 노래를 부를 수 있기를.

너는 한 송이 꽃과 같이

너는 한 송이 꽃과 같이
귀엽고 예쁘고 깨끗하여라

너를 보고 있으면 서러움은
나의 가슴 속끼지 스며드누나

하나님이 너를 언제나 이대로
밝고 곱고 귀엽도록 지켜주시고
네 머리 위에 두 손을 얹고
나는 빌고만 싶어지누나

• 하이네 •

ANDREW
JEONG
1974

눈물의 의미[20]

눈물(tear).

사랑의 뒤에는 언제나 눈물이 있다.

사랑을 통한 기쁨과 행복 속에서도

사랑을 통한 감격과 감동의 순간에도

사랑을 통한 슬픔과 아픔의 시간에도

그래서 눈물이 고귀하다.

사랑의 소중함을 가르쳐 주니까…….

20) 2014년 1월 25일

여러분은 무엇을 바라보십니까?[21]

리처드 바크가 쓴 "갈매기의 꿈"[22]을 보면, 대부분의 갈매기들은 나는 것에 관심이 있는 것이 아니라 먹는 것에 관심이 많습니다. 즉, 그저 먹고사는 현실에 안주하는 것이지요! 이러한 현실 속에서 주인공인 조나단 리빙스턴 시걸은 나는 것에 대한 관심을 가집니다. 좀 더 높이 날고, 멀리 날고, 빨리 날기 위해 그는 노력합니다. 그리고 자신의 잠재된 가능성을 알기 원했습니다.

---

21) 2003년 2월 18일
22) Richard Bach, *Jonathan Livingston Seagull*, 이덕희 역, 『갈매기의 꿈』 (서울: 문예출판사, 2000)

fly to the sky

Can you see?

ANDREW
JEONG
1974

"가장 높이 나는 갈매기가 가장 멀리 본다."

하지만 우리의 현실 속으로 이 문제를 옮기면, 대부분의 사람들
역시 현실의 삶에 갇혀 살아가게 됩니다. 먹고 살기 위해서…….

인간은 누구에게나 '가능성'(possibility)이 있습니다.
'관점을 어디에 두느냐'에 따라 인간의 실존은 달라집니다.

의미를 찾을 것이냐?
빵을 찾을 것이냐?

자신의 한계에 갇히는 것이 아니라, 자신의 한계를 뛰어넘으려는
시도는 분명히 아름답습니다.
그런 의미에서 당신에게 이렇게 표현하고 싶습니다.

당신은 당신이 생각하는 그 이상으로 더 엄청난 일을 할 수 있는
가능성을 가진 사람입니다.
오히려 시도하지 못하고, 도전하지 못함을 슬퍼하십시오.
훌륭한 비져너리(visionary)가 될 수 있기를 기도합니다.

빗속에서 부르는
노래[23)

비가 내립니다.
비 오는 날이 좋습니다.
빗소리에 이끌리어
내리는 비를 맞이했습니다.

톡톡톡!
우산을 두드리는
빗소리의 멜로디가

---

23) 2014년 8월 14일

내 심장을 울립니다.

천천히,
아주 천천히
가벼운 바람의 날개를 타고
나는 날고 있습니다.

오늘도 나는
나만의 시인이 되어
길 위에 서서
비를 맞으며
삶을 노래합니다.

비판과
비난 사이에서[24)

우리가 누군가를 또는 무엇인가를 비판하고 비난할 때,
중요한 인식이 있습니다.
그것은 언제나 그 대상에서 나를 제외한다는 것입니다.
단지 내가 하지 않았기에 어떤 문제에 있어서
'나는 자유롭다'고 생각하는 것이지요.

하지만, 이 비판과 비난 앞에서
어느 누구든 호언장담할 수 있는 존재가 아닙니다.

---

24) 2007년 2월 20일

건전한 비판은 가능합니다.
그러나 맹목적인 비난은 위험합니다.

기억하세요!
방심하면, 어느 순간 그 비판과 비난의 자리에
나 자신이 서 있을 수 있다는 사실을…….

생각의 전쟁터[25)]

우리는 삶 속에서 수많은 생각의 전쟁터 속에서 살아갑니다.

각자가 원하는 채널을 가지고 자신의 생각과 삶을 이야기합니다.

때로는 그 생각들이 이해를 통한 소통이 되기도 하고

오해를 통한 평행선을 달리기도 합니다.

그러면서 생각합니다.

현실의 중심에 서서

나의 생각이 진정한 가치요, 의미를 가지고 있는가?

---

25) 2010년 4월 12일

1

때로는 나 자신조차도 스스로 감당하기 힘든데
타인을 생각하고, 조국과 민족을 생각하고,
세계평화와 윤리를 생각하고……
스케일이 커질수록 한없이 작아지기도 합니다.

그러나
저는 이렇게 생각해 봅니다.
우리는 너무 생각이 복잡합니다.
좀 더 단순한 생각이 필요합니다.

당신이 생각하는 그 이상으로

당신은 훌륭한 생각의 메신저가 될 수 있습니다.
채널을 고정하지 마시고
다양하게 열어 놓으십시오.

올바른 대화가 시작될 것입니다.

ing[26]

2008년 11월 미국 대선 역사상 첫 흑인 대통령(44대)이 탄생했습
니다.
당시 많은 사람들이 판단하기에는 흑인 대통령의 탄생이 이렇게
빨리 올 줄 몰랐다는 것입니다. 물론 작은 바람들은 있었지만, 그
들의 생각보다는 빨랐다는 의미일 것입니다.

버락 오바마(Barack Obama)가 대권 도전 시, 내건 슬로건은
"Change we can believe in"(우리가 믿을 수 있는 변화)였습니다.

---

26) 2008년 11월 10일

당선 후, 제가 공부하는 신학교(NYTS)가 뉴욕맨하탄 업타운에 속해 있고, 할렘가와 가까워 흑인 학생들이 좀 많았는데, 한 흑인 친구에게 진심으로 축하의 인사를 건넸습니다.

그러자 그는 "기쁘지만, 누가 되든지 상관없다(I don't care)."라고 말하는 것이었습니다. 그러면서 그는 이런 말을 덧붙였습니다.

"우리는 미국 안에서 하나이다(We are just one in America.)."

"소망이 있다면 오바마가 하나님 앞에서, 사람들 앞에서 올바른 정치를 하길 바랄 뿐이다. 왜냐하면 우리의 정치도 'ing'이기 때문이다."

순간 저는 당황했지만, 매우 인상적인 발언이었습니다. 세계 어느 나라보다도 민주주의가 잘되어 있다고 자부하는 미국인데 'ing'라니요!

사실 역사상 최초의 흑인 대통령 버락 오바마가 탄생했다는 그 자체만으로도 미국은 거대한 변화의 중심에 서 있었다고 전 생각했습니다. 그리고 깨끗이 패배를 인정하고 절대적으로 협력을 약속했던 존 맥케인 당시 공화당 후보의 태도는 배울 점이 많다고 느꼈습니다.

그러면서 다시 개인적으로 생각해 볼 수 있는 시간이 있었습니다.

우리 대한민국 역시 변화의 중심에 서 있습니다. 시대는 개인을 넘어 가정, 교회, 공동체, 사회, 국가의 변화를 요구하고 있습니다.

오바마가 탄생하기까지도 미국의 역사 속에서 아브라함 링컨(Abraham Lincoln)이라든지 마틴 루터 킹(Martin Luther King)과 같은 인물들의 희생과 헌신이 있었다고 생각합니다. 그러면서 생각해 보았습니다.

우리 대한민국 민주주의의 현주소는 어떨까요?

대한민국 정부 수립 이후, 아직 민주주의가 100년도 되지 않는 우리나라 역시 'ing'가 아닐까요? 어쩌면 지금의 수준이 지극히 정상적인 현주소라는 생각이 듭니다. 아직 우리는 걸음마 단계의 민주주의를 걸어가고 있는데…….

소망이 있다면 좀 더 변화의 중심에 서서 바람직한 민주주의의 실현을 조금씩 만들어 갈 수 있기를 기도해 봅니다.

권력:
조심해서 다루어야 할 힘[27]

조심스럽게 우리가 살아가는 세상의 환경과 상황을 바라봅니다.
우리가 살아가는 세상은 나름대로의 법칙과 질서를 가지고 움직
이고 있습니다.

어떤 질서와 법칙이 있다는 것!
긍정적인 부분과 부정적인 부분을 떠나서 그것은 어떤 자유와 통
제, 두 긴장 관계 속에서 우리가 살아가고 있음을 의미합니다.
이런 상황 속에서 우리는 끊임없이 움직이는 힘의 이동(shift of

---

27) 2009년 3월 31일

1

power)을 보게 됩니다.

사람들은 태어나서 죽는 순간까지 끊임없이 자신의 위치(position & location)를 찾아가기 위해 노력합니다. 결국, 자신이 추구하는 환경에 적응하고 위치를 확보한 사람은 새로운 권력자로서의 능력을 발휘하게 됩니다.
그리고 그것을 놓치지 않으려고 더욱더 자신의 위치를 견고하게 만들어 갑니다. 더 강해지고, 더 지배하기 위한 끊임없는 욕망과 야망 앞에서 자신을 채찍질하며…….

그러나 우리의 역사가 증명하듯이 절대 권력의 유통기한은 그리 길지 않음을 보게 됩니다.
권력(힘)은 끊임없이 순환하며 새롭게 형성됩니다. 정치, 경제, 사회, 문화, 종교 그 어느 분야에든 존재합니다.

하지만 순간의 기쁨(즐거움)과 영화를 위해 정의롭지 못하고, 권력과 힘이 잘못 남용될 때, 우리는 슬픈 악순환의 고리를 발견하게 됩니다.
자신의 위치를 만들어 가는 것은 분명 자연스럽고 아름다운 일입니다. 그러나 자신의 위치를 확보했을 때, 그 힘을 '어떻게 사용하느냐'에 따라 인생의 의미와 결과는 달라집니다.

내가 가지고 있는 힘!

이제 나 자신만을 위해 사용하기보다는 타인을 위해 기꺼이 사용할 수 있고 헌신할 수 있을 때, 이 세상은 좀 더 아름답고 행복한 결과를 만들어 갈 것입니다.

기억하십시오!

우리의 힘은 아주 잠깐입니다. 그리고 그 힘(권력)을 결코 신뢰하지 마십시오.

힘이 있을 때 결코 자만하지 말고, 후회 없는 결과를 위해 오늘을 살아갈 수 있기를 기도해 봅니다.

역사해석에 대한
분별력 28)

역사를 이해하고 해석할 때 우리는 정확한 분별력이 필요합니다.
그 이유는 아마도 역사가 누군가의 (주로 권력자 혹은 승자의) 주관
적 인식에 의해 덧씌워져 기록되기 때문입니다.
즉, 역사란 것이 언제나 권력자들과 승자들의 유리한 해석이 존
재하기에 과거 그 시점에 실제로 무슨 일이 일어났는지 파악하기
란 결코 쉽지 않고 어렵습니다.

한 예로, 일본 같은 경우 강한 국수주의와 민족주의 때문에 자국

28) 2010년 1월 1일

의 이익을 위해서 때로는 왜곡된 역사의식을 진실인 양 국민들에게 요구하는 경우를 보게 됩니다. 일본의 이러한 입장은 타국과의 관계 속에서 더더욱 깊게 왜곡된 역사를 발견할 때가 많습니다.

우리와 같은 민족인 북한도 마찬가지입니다. 현재 그들의 주체사상을 유지하기 위해 얼마나 많은 왜곡된 역사를 만들고 있을까요? 그래서 중요한 관점이 있다면, '얼마나 많은 역사적 지식을 갖고 있느냐'보다 내가 알고 있는 역사적 지식이 '얼마나 정확한 사실이냐'가 더 중요합니다.

따라서 역사를 올바로 인식하기 위해서는 이러한 덧씌워진 역사를 잘 분석하여 최대한 사실에 가깝게 재해석해야 합니다.

맹목적인 역사 해석학적 인식보다는 더욱 정확한 사실적 인식을 위한 해석학적 작업이 더 중요합니다.

열심히 살아가는
여러분들에게[29]

제가 살고 있는 사택에서는
밤마다 여의도 빌딩의 불빛을 볼 수 있습니다.
밤 11시, 12시, 심지어는 늦은 새벽녘까지도
빌딩의 불빛은 꺼지지 않고 있습니다.
대한민국의 직장인들은 정말 열심히 일하고 있습니다.

또 있습니다.
새벽기도회를 마치고 나올 때쯤이면

---

29) 2015년 6월 22일

새벽시장에 일찍부터 자신의 삶의 터전에서
하루의 일과를 시작하는 사람들이 있습니다.
부지런히 자신들이 해야 할 일들에 최선을 다합니다.

열심히 살아가는 사람들의 모습이 아름답습니다.
화려하지 않아도…….
각자의 위치에서 열심히 살아가는 사람들은 보면
저에게도 큰 도전과 교훈이 됩니다.

그리고 그들에게 힘찬 박수와 함께
격려와 응원을 드리고 싶어집니다.
하루하루 열심히 살아가는 여러분들이여!
오늘 하루도 열심히 살아 주셔서 감사합니다.

토닥토닥

당신을 응원합니다

ANDREW
JEONG
1974

당신의 손이 가장
아름다울 때[30)]

당신의 손이 가장 아름다울 때가 언제인 줄 아세요?

당신의 손이 누군가의 눈물을 닦아 줄 때

당신의 손이 누군가의 등을 '토닥토닥' 두드리며 위로할 때

당신의 손이 누군가를 위해 도우며 섬기고 있을 때

그 순간은 그 어떤 것도 비교할 수 없는 가장 의미 있고 아름다운
순간입니다.

---

30) 2012년 2월 20일

잊지마세요.

하나님께서 주신 두 손은

당신과 당신이 만나는 모든 사람들을 위해

사용되는 소중한 도구라는 사실을……

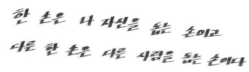

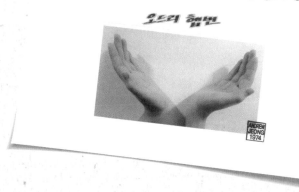

진정성 있는 삶을 꿈꾸며 31)

마음과 마음이 만나는(heart to heart)
진심은 통하게 되어 있습니다.

만나는 모든 사람에게
그리고 당신이 사랑하는 사람에게

진정성 있는 삶으로 소통하십시오.
그리고 표현하십시오.

31) 2012년 4월 18일

진심이 통하는 그 자리에
당신은 더욱 아름답게
빛날 것입니다.

Heart to heart
what see you?

I see you
나는 당신을 봅니다

행복 찾기[32]

사람들은 행복하기를 원합니다.

그래서 각자의 삶의 위치에서 행복한 삶을 추구하며 노력합니다.

어쩌면 우리의 인생은 '행복'이라는 숨은 보화를 찾기 위한 '행복 찾기'라고 말할 수 있습니다.

그런데 행복을 느끼는 기준은 저마다 다릅니다.

공통적으로 추구하는 행복의 기준도 있지만, 우리에겐 매우 상대적인 기준이 존재합니다. 같은 상황을 가지고도 긍정적으로 보는

---

32) 2011년 6월 20일

가 하면, 부정적으로 볼 수도 있습니다. 다른 사람에게는 행복의 기준이 될 수 없는 것이 나에게는 행복의 기준이 될 수도 있습니다.

사실 행복은 어떠한 환경이나 조건도 아닙니다. 어떤 지위나 명예도 아닙니다. 이러한 것들이 반드시 행복을 보장해 주지는 않습니다.

필리핀에 갔던 적이 있습니다.
민다나오에 있는 '가랑바이'라는 지역을 방문한 적이 있는데, 그곳은 마치 오지와도 같았습니다. 그 곳에서 제가 느꼈던 것은 너무 불편하다는 것입니다. 전화기라든지 TV도 없고, 물도 우물이 아니라 마을에서 공동으로 쓰는 수돗가 한 군데뿐이었습니다. 날씨는 무척 덥고 찜찜하고, 레저와 오락 등 문명의 즐거움과 편리함을 느낄 만한 공간이 전혀 없었습니다.

그러나 돌아보면, 어디까지나 그것은 저의 생각이었습니다.
이미 문명이 가져다주는 즐거움과 편리함을 경험한 저에게는 그것이 매우 불편하게 생각되었지만, 사실 그곳 사람들은 행복해 보였습니다. 그들은 그저 자연이 주는 과일과 물고기 등을 먹으며, 단순하지만 어떤 강박관념도 경쟁도 없이 소박하게 그들의 삶을 살고 있었던 것이지요! 그리고 순수하고 해맑게 웃으며 뛰어노는 아이들의 모습도 행복해 보였습니다.

그런 것 같습니다.
행복은 멀리 있는 것이 아닙니다. 거창한 것도 아닙니다.

당신에게 행복의 기준은 무엇인가요?
분명한 것은 행복은 어떤 상황과 조건, 환경을 뛰어넘어
행복하다고 느끼는 그 순간부터 시작됩니다.

오늘을
소중히 여기며[33)]

'오늘'이라는 단어를 생각해 봅니다.
하루하루의 삶은 하나님께서 내게 주신
너무나도 소중한 인생의 여정입니다.
지금 이렇게 하나님께서 허락하신 만물 가운데서
숨을 쉬고 있다는 그 자체만으로도 감사할 따름입니다.

오늘은 내일을 만듭니다.
오늘은 어제의 또 다른 내일이고,

---

33) 2004년 7월 4일

할 일 없이 보낸 **오늘** 하루가

어제 죽은 그가 그토록 살고 싶어하던

내일이었다

· 쇼펜하우어 ·

내일을 오늘의 또 다른 미래입니다.

그런 의미에서
오늘 하루를 무의미하게 보낸다는 것은
무의미한 내일의 하루가 줄어든다는 것을 의미합니다.

할 수만 있다면
하루의 시간을 정말 소중히 생각할 수 있기를 바랍니다.
오늘의 하루는 다시 내게 돌아올 수 없는 시간이기에
오늘의 시간이 마지막이라는 심정으로 살아간다면
삶의 의미와 각오로 달라질 것입니다.

오늘의 시간을 의미 있게 보내십시오!
아름다운 추억도 소중한 순간도
지금 이 순간이 중요합니다.

PART 02

믿음의 길을
걸어가는 사람들에게

담 사이에 서 있는
그리스도인의 현실[34]

그리스도인과 비그리스인 사이에
언제부터인가 큰 담벼락이 생겼습니다.

초창기 19세기 말,
한국을 사랑했던 선교사님들에 의해 복음이 전해지고
초대교회 당시 격동기의 시절,
조국과 민족 앞에서 그래도 작은 소망과 희망이 되었던
한국교회는 지금 큰 담 앞에 가로 막힌 듯합니다.

34) 2015년 3월 17일

그리스도의
험불이
부처들의
험불이
될 때...

ANDREW
JEONG
1974

언제부터였을까요?
조금씩 조금씩 쌓여져 간 담벼락은
이제 큰 장벽이 되어버렸습니다.

다가가고 싶은데
다가가기가 불편합니다.
뭔가 말을 건네야 하는데
너무 어렵습니다.

왜 이렇게 되었을까요?
가슴이 먹먹합니다.
어찌할 바를 모르겠습니다.
눈물이 나려고 합니다.

대화도 하고 싶고
마음의 표현도 하고 싶은데
소통이 되지 않습니다.
들으려고 하지도 않습니다.

그들은 말합니다.
"당신들에게는 더 이상 순수함이 없어!"
"진실함도 발견할 수 없고, 말만 할 뿐이야!"

"위선적인 모습에서 실망만 더할 뿐이야!"

세상 사람들이 이유를 설명하기 시작합니다.
우리 안에서 자만했던 그리스도인의 삶을
다시 한 번 생각해 보게 됩니다.

그리고 이제 귀를 기울이고
세상의 소리에 조용히 경청할 때입니다.
마음을 열고 세상과 소통을 시작해야 할 때입니다.

무엇보다 삶 속에서 비그리스도인이 인정하는
정직하고 상식이 통하는 올바른 그리스도인의 모습이 되어야겠습
니다.

대화의 법칙[35)]

그리스도인에게 가장 큰 고민이 있다면,
그것은 믿는 것과 사는 것이 다를 때입니다.
우리는 늘 이 두 가지 긴장관계 속에서 갈등하며 살아갑니다.

대화에 있어서도 그렇습니다.
우리는 태어나서 말을 배우게 되는 그 순간부터
끊임없이 말을 하게 됩니다.
그리고 죽을 때까지 만남의 과정 속에서

2

쌍방 커뮤니케이션(two ways-communication),
즉 소통을 위한 대화를 나누게 됩니다.

살면서 느끼는 것은 '얼마만큼 많은 대화를 나누는가'보다도
'얼마만큼 말에 있어 실수를 줄이느냐'가 더 중요한 것 같습니다.
왜냐하면 말의 위력은 엄청나기 때문입니다.

특별히 믿는 우리 그리스도인은
사람들에게 부정적이거나 상처를 주는 말이 아니라
생명을 살리고 긍정의 힘을 심어 주는 말을 했으면 좋겠습니다.

내가 생명을 살리는 긍정의 말을 할 때,
내 말에 능력이 있는 것이 아니라
내 말에 역사하시고 함께하시는
하나님의 능력에 있다는 사실을 기억하세요.

하나님을
경험하십시오 ³⁶⁾

사랑하는 여러분!
믿음을 견고히 세워 가십시오.

하나님을 추상적으로 믿지 마십시오.
또한 안다는 수준에서 머물지 마십시오.

하나님을 안다는 것을 넘어
하나님을 사랑하는 단계까지 가십시오.

---

36) 2015년 7월 24일

하나님 을 안다는 것에서
하나님 을 사랑하기까지는

얼마나 먼 거리일까?

- 파스칼 -

하나님을 이해하는 것, 하나님을 안다는 것과
하나님을 경험하는 일은 전혀 다른 일입니다.
하나님을 경험한다는 일은 믿음을 견고히 세워 가는 것입니다.

그러나 믿음이 견고히 세워지려면
현실 속에서 믿음의 증거가 구체적으로 나타나야 합니다.
여러분의 삶의 현장 속에서
하나님의 속삭임에 귀를 기울여 보십시오.

"사랑하라" 그러면 사랑하는 것입니다.
"섬겨라" 그러면 겸손히 섬기는 것입니다.
"거룩하라" 그러면 거룩한 삶을 사는 것입니다.

왜냐하면 예수 그리스도께서 그렇게 하셨기 때문입니다.
하나님의 거룩한 사역을 이해하고
아는 수준에서 머무는 것이 아니라
예수님께서는 친히 삶 속에서 실천하셨습니다.

우리도 예수님처럼 삶의 자리에서 실천할 때
하나님을 경험할 것입니다.

믿음을 말하다 [37]

믿음은 하나님의 위대하신 이야기 속으로
우리가 들어가는 것입니다.

우리들의 이야기는
하나님의 이야기가 될 것이고,
하나님의 이야기는
우리들의 이야기가 될 것입니다.

---

37) 2012년 11월 4일

기억하십시오.

믿음은 여러분들이 서 있는 삶의 자리에서

아름다운 스토리를 만들어 갈

가능성을 제공할 것입니다.

하나님 앞에 선
당신에게[38]

성경에서 예수님을 따랐던 사람들은 수없이 많았습니다.
그렇다고 모두가 예수님의 제자가 된 것은 아니었습니다. 예수님
의 참된 제자가 된다는 것은 그만큼 쉬운 일이 아니었습니다.
예수님께서도 '나를 따르려거든 자기 십자가를 지라'[39]고 말씀하
셨습니다. '주님을 따르는 삶'이란 '희생과 헌신, 철저하게 자신
의 삶을 내려놓을 수 있느냐'의 말씀입니다. 이러한 예수님의 부
르심에 응답할 수 있다면 소중한 믿음과 행동의 결단이 가능해집
니다.

---

38) 2013년 6월 30일
39) (신약성경) 마태복음 16:24, 마가복음 8:34, 누가복음 9:23

코람데오
날마다 하나님 앞에서…

ANDREW
JEONG
1974

2

그렇다면 이러한 믿음의 행동과 결단은 어디에서 오는 것입니까?
바른 신앙고백에서 옵니다. 그러나 바른 신앙고백은 그냥 되어지는 것이 아닙니다.

세상에는 진정한 의미와 목적과 방향을 잃어버린 수많은 사람들이 있습니다. 대신 그들은 속도를 자랑하며 신앙과 믿음보다는 권력과 경제력과 정치력에 의존하는 것이 더 현명한 방법이며 이를 추구하라고 제시합니다. 그러면서 자신이 가지고 있는 영향력과 정보를 가지고 세상을 움직이려 합니다.

그런데 오늘 우리 시대 그리스도인도 세상 사람들의 방법에 고개를 끄떡입니다.
성공과 힘을 가지는 것이 진정한 행복인 줄 압니다. 그러면서 세상이 제시하는 풍요의 신인 바알을 좇기 시작합니다.
하나님을 잊어버렸습니다. 더 이상 하나님이 진정한 의미와 목적과 방향이 되지 않습니다.

오늘도 날마다 하나님 앞에 선 당신에게……
하나님을 잊어버리면 모든 것을 잊어버린 것입니다.
하나님 없는 추구는 모두가 '허상'이라는 사실을 잊지 마세요.

존재, 그리고 고요함⁴⁰⁾

인간이 존재론적으로 계속 물음을 가지고 살아갈 수밖에 없는 이유는 바로'두려움'과'불안감'때문입니다.

우리가 가지고 있는 두려움과 불안감은 크게 세 가지입니다. 첫째는 '죽음에 대한 문제'이고, 둘째는 '죄의 문제', 셋째는 '운명론(결정론)'입니다.
이러한 두려움과 불안감이 현실로 다가올 때, 우리는 이것들을 뛰어넘을 용기가 필요합니다.

---

40) 2015년 6월 21일

2

인간의 삶의 여정에는 고난이 있고, 고통이 있고, 상처가 있습니다. 외로움이 있고, 고독이 있습니다. 응어리가 있고, 경쟁이 있습니다. 어느 것 하나 쉽게 다가오는 주제가 아닙니다.

특별히 태어나서 살아가다 보면 '나'라는 존재에는 조금씩 흠이 생기고, 상처와 응어리가 생깁니다. 이러한 현실이 다가올 때, 다음과 같이 제안해 봅니다.

'하나님과 함께하는 고요함의 시간'(take a time of serenity with God)을 가지십시오.

1. 고요함의 묵상

고요함의 묵상은 깊은 영성으로 인도하고
하나님의 말씀에 대한 통찰력을 가지게 됩니다.
우리는 성경을 잘 안다고, 잘 이해한다고 생각합니다.

그러나 성경을 단순히 머리로만 이해하는 것은
예수님께서 말씀하셨던 바리새인과 같은 율법주의자,
분리주의자가 될 수 있는 가능성이 있습니다.
진정한 의미에서 성경의 묵상, 말씀의 묵상은
암송 구절을 더 많이 외우고 안다는 것이 아닙니다.

성경의 묵상은 말씀을 통해서 하나님의 사랑을 기억하고
마음속에서 그것을 느끼는 것입니다.
즉, 성경 텍스트의 메시지를
오늘 나의 현장 속으로 가져오는 것이지요!

깊은 묵상에 도달해 있는 사람은
마치 잔잔한 호수와 같이 그 깊이가 있습니다.
하나님을 깊이 인격적으로 만날 만한
묵상의 세계로 들어가야 합니다.

따라서 고요함의 묵상은 지식의 축적과 지혜의 자랑!
아는 것의 우월감이 아닙니다.
고요함의 묵상은 말씀을 통해 하나님의 손길을 느끼는 것입니다.
하나님의 섭리를 깨닫는 것입니다.

고요함을 묵상하십시오.
오늘 하나님께서 어떻게 나를 우리의 현장 속으로 초청하시는
지…….

2. 고요함의 기도

때때로 우리가 오해하고 있는 것 중의 하나가
기도는 거창하고 고급스럽고 아름다워야 한다고 생각합니다.
물론 나쁘지는 않습니다.
그러나 기도의 내용에는 정답이 없지만, 진실함과 간절함은
성경 말씀 여러 곳에서도 이미 강조하고 있습니다.

그래서 한 가지 좋은 팁을 드립니다.
그것은 예수님께서 말씀하신 골방 기도의 방법입니다.
당신이 필요한 시간에 골방을 찾으십시오.
특별히 좋아하는 찬양을 틀고 침묵기도를 해 보십시오.
부르짖는 기도도 좋습니다.

그런데요, 진실한 마음속에서 드리는 기도는
거창하지 않아도 내용이 화려하지 않아도 눈물이 납니다.
그냥 무슨 말을 해야 하는데 눈물이 납니다.
전적인 하나님의 은혜 속에서
나의 마음이 회복되고 치유되는 감동의 눈물입니다.

여러분에게 추천합니다.
때로는 힘들고, 어려울 때, 답답하고 절망적일 때,

세상의 방법을 찾기보다는 골방에서 조용히
하나님과 함께하는 고요함의 기도를 드려 보십시오.

주님께서 여러분의 마음을 어루만져 주실 것입니다.
육체적·정신적 고통을 영적인 관계로 회복시켜 주실 줄 믿습니다.

3. 고요함의 노래

다윗의 신앙고백이 담겨 있는 시편 23편의 찬양시는
오늘을 살아가는 우리들에게 아주 중요한 교훈을 던져 줍니다.
즉, 우리의 '존재의 용기'는 여기서 시작된다는 것이지요.

"여호와는 나의 목자시니……."

인간이 존재한다는 그 자체가 용기를 필요로 합니다.
때로는 긍정적인 마인드로 자신을 위로하고 의지하고,
환경과 타인을 의지해 보기도 하지만,
또다시 한계에 부딪히는 상황들을 맞이하게 됩니다.

그러나 이러한 이유들의 궁극적인 원인은
결국 우리가 평생에 해결할 수 없는 궁극적인 문제들에 있습니다.

여호와는 나의 목자시니
내게 부족함이 없으리로다
그가 나를 푸른 풀밭에 누이시며
쉴만한 물가로 인도하시는도다
내 영혼을 소생시키시고
자기 이름을 위하여
의의 길로 인도하시도다
내가 사망의 음침한
골짜기로 다닐지라도
해를 두려워하지 않을 것은
주께서 나와 함께 하심이라
주께서 내 원수의 목전에서
내게 상을 차려 주시고
기름을 내 머리에 부으셨으니
내 잔이 넘치나이다
내 평생에 선하심과
인자하심이 반드시 나를 따르리니
내가 여호와의 집에
영원히 살리로다

시편 23 편

ANDRE
JEON
1974

2

그 대표적인 것이 바로 '두려움'과 '불안감'입니다.
'죽음에 대한 문제', '죄에 대한 문제',
'운명론(결정론)'의 문제 등이지요!

이러한 문제들이 현실로 다가올 때,
우리에게는 이것들을 뛰어넘을 용기가 필요합니다.
그 진정한 용기의 힘을
다윗은 하나님으로부터 답을 찾은 것입니다.

"여호와는 나의 목자시니……."
하나님에 대한 인식입니다.

시편 23편은 다윗의 인생이 담겨져 있었습니다.
파란만장했던 그의 삶은 이제 그를 시인으로 만들었습니다.
삶의 경험과 희로애락을 경험한 후,
하나님의 은혜를 다시 한 번 재확인하는
고백의 찬양시를 짓게 된 것이지요!

그런 의미에서 여러분!
시인이 되십시오.
여러분의 인생을 담아 시인이 되십시오.

여기서 오해는 마십시오.

시인이 되어야 한다고 꼭 다윗처럼 시를 쓰라는 것이 아닙니다.

날마다 마음속에 하나님을 품으라는 말입니다.

나 자신의 마음속에 하나님을 향한

그리움과 설렘으로 사랑의 이야기를 쓰십시오.

인생에 있어 모양만 다를 뿐

누구에게나 다윗처럼 스토리가 있습니다.

그런데 중요한 사실은 하나님께서 다 아신다는 것입니다.

그렇기에 우리는 늘 하나님의 인도하심과 역사하심이 필요합니다.

그래서 하나님의 역사하심과 인도하심을 경험하려면

'하나님과 함께하는 고요함의 시간'을 가져야 합니다.

사랑하는 여러분!

어떠한 상황과 환경이 온다 할지라도 힘을 내십시오.

외롭다고 느껴질 때도 주님을 바라보십시오.

고요함 가운데 찾아오시는 주님께서 위로해 주실 것입니다.

하나님과 함께하는 고요함의 시간은

하나님으로부터 공급받는 참된 회복과

치유의 시간이 될 줄 믿습니다.

대시 인생[41)]

1974.03.17. - 0000.00.00(?)

우리의 인생은 대시(dash) 인생입니다.
우리 모두는 태어나는 것과 죽는 것을 선택할 수 없습니다.
그러나 "어떻게 살아갈 것인가"에 대해서는 선택할 수 있습니다.

오늘의 하루를 살아간다는 것은
내일의 하루가 줄어든다는 사실을 꼭 기억하면서

41) 2010년 8월 8일

마지막 순간 정말 후회 없는 삶

하나님과 사람들 앞에서

부끄럼 없는 삶이 되도록 최선을 다하며 살아갑시다.

기도의 은혜[42)]

인생에서 위기를 만날 때
사람들은 자신을 위한 나름대로의 방식들로
문제를 해결하려고 합니다.

그러나 믿는 그리스도인은 기도를 통해 위로와 힘을 얻습니다.

우리 스스로 아무것도 할 수 없다고 생각될 때
절박한 심정으로 기도할 수 있다는 것은

42) 2005년 5월 24일

하나님께서 믿는 그리스도인에게 주신 전적인 특권이며 은혜입
니다.

기억하세요!
주님은 우리의 진실한 고백이 담긴
눈물의 기도를 기다리십니다.

문제가 많을수록 기도로 나아가십시오.
기도는 결코 무능력한 표현의 방식이 아닙니다.
끊임없이 채워야 할 공간을 향해
나아갈 수 있는 방법은 바로 기도입니다.

인생의 조각들[43]

인생은 마치 퍼즐과도 같습니다.

처음에는 아무것도 보이지 않고,
흩어졌던 조각들만 바라보면
어떤 그림이 완성될지 알 수도 없습니다.

언젠가 집에 오니
초등학교 아들이 퍼즐을 맞추고 있었습니다.

은혜

주의 은혜의 날개 아래에서

ANDREW
JEONG
1974

처음에 볼 때는 도무지 어떤 그림이 나올지 몰랐습니다.
그런데 시간이 지난 후 그 퍼즐이 완성되었을 때,
정말 예쁜 집이 있는 풍경의 그림이었습니다.

그러면서 생각해 보았습니다.
인생의 여정 속에서도 때로는 절망이 있고, 어려움이 있습니다.
고난도 있고, 고통의 순간도 있습니다.

그러나 이 모두는 작은 조각에 불과합니다.

수많은 상처와 아픔의 조각들을 잘 이겨 내면
결국 나를 위해 아름다운 그림을 그리고 계셨던
하나님의 은혜와 섭리가 있음을 발견하게 될 것입니다.

나 자신도 돌아보는 방향이 중요합니다[44]

어떤 문제에 대해서 상대방을 변화시키기 위해
기도할 때가 많습니다.

그러다 변화되지 않는 상대방에 대해서
실망하거나 힘들어하는 경우도 있습니다.
그러나 모든 문제의 근원을 상대방에게서만 찾거나
해결하려할 때 되지 않을 때가 많다면,
다시 한 번 방향을 돌려 보는 것도 좋습니다.

---

44) 2013년 5월 12일

만약 나 자신을 바꾸려고 기도하고 시도하면
상황이 달라질 수 있습니다.

타인에 대한 부정을 나 자신에 대한 긍정으로 바꿀 때,
뜻하지 못한 문제의 해결점을 찾을 수도 있다는 것이지요.

왜냐하면, 타인이나 상대가 나의 긍정을 통해
감동을 받거나 변화할 수도 있기 때문이라는 사실을 잊지 마세요.

넘어져도
일어서십시오[45]

살다 보면 넘어질 때가 많습니다.
넘어지면 마음속에 불안이 존재합니다.
두려움이 존재합니다.
나를 짓누르는 커다란 장벽 앞에서 갈등합니다.

넘어져도 일어서십시오.
이때 하나님과의 관계가 중요합니다.
하나님과의 올바른 관계를 맺고 살면 다시 일어설 수 있습니다.

---

45) 2006년 12월 17일

정말 피하고 싶은 현실 앞에서 하나님을 신뢰하십시오.

하나님께서는 우리들이

환경만 바라보는 수준의 사람이 되기를 원하지 않으십니다.

환경의 지배를 받는 것이 아니라 하나님의 지배를 받으십시오.

내려놓음 그리고 받아들임 [46)]

이 두 가지는 결코 쉬운 주제가 아닙니다.
믿는 그리스도인에게 '내려놓음'은 중요합니다.
우리가 내려놓아야 하는 궁극적 이유는
하나님의 것으로 채우기 위함입니다.
그리고 '받아들임'이 필요합니다.
무엇을 받아들인다는 것입니까?

우리 인간의 문제는 무엇입니까?

---

46) 2014년 3월 30일

2

바로 죄의 문제입니다.
우리가 죄인이라는 사실을 받아들여야 합니다.

우리가 살아가는 이 세상에는
악이 존재합니다.
만일 악이 존재하지 않는다면
우리 시대 악한 상황과 행동들
이 나타나지 않겠지요.
우리는 언제나 죄에 노출되어 있고
사탄으로부터 유혹을 받고 있습니다.

그러기에 더욱더 예수님이 필요합니다.
우리의 의지로는 죄의 문제를 해결할 수도, 이길 수도 없습니다.
날마다의 영적 전쟁에서 주님을 의지하십시오.
날마다 내려놓을 것과 받아들일 것을 잘 구별하십시오.

우리의 일생은 '주님과 함께 가는 영원한 사귐'이 될 것입니다.

말씀의 렌즈로
하나님께 두 손 들기[47]

사랑하는 여러분!

어떻게 죄인 된 우리가 하나님 앞에 나아갈 수 있습니까?

아니, 죄인 된 우리가 어떻게

하나님의 거룩한 성소에 들어갈 담력을 얻었습니까?

말씀의 렌즈로 살펴보면

그 한 가지 이유를 발견할 수 있습니다.

---

47) 2013년 3월 24일

2

"그러므로 형제들아 우리가 예수의 피를 힘입어
성소에 들어갈 담력을 얻었나니"(히 10:19)

바로 예수 그리스도의 보혈입니다.
하나님께 두 손을 든다는 것은 이제 모든 행위 속에서
순종의 마음을 담아 하나님께로 돌아가는 것입니다.

말씀의 렌즈로 세상을 바라보십시오.
그리고 하나님의 말씀의 렌즈로
우리의 신앙을 조명해 보십시오.

사소한 것 같지만 결코 사소하지 않습니다.
아무리 사소하고 작게 느껴지는 것이라도
그 속에 신앙의 내용과 순종의 마음을 담아 보십시오.

지금 여러분은 어디에 서 계십니까?
어디에 서 있든지 그 자리에서, 하나님의 말씀의 렌즈 앞에서
하나님께 두 손을 높이 드십시오.

여러분이 서 있는 그 자리가
바로 은혜의 자리가 될 것입니다.

하나님의 은혜를
발견하기까지[48]

우리가 하나님께로부터 은혜를 받기 위해서는 다음과 같은 노력
이 필요합니다.

물론 은혜는 하나님께서 전적으로, 무조건적으로 베풀어 주셨
습니다. 그러나 20세기 위대한 신학자 본회퍼(Dietrich Bonhoeffer,
1906~1945)의 말대로 하나님께서 예수 그리스도의 십자가와 부활
을 통해 우리에게 주신 '값비싼 은총'이 우리의 잘못된 모습과 행
실로 인해 '값싼 은총'으로 바꾸어 버렸다면, 우리는 하나님의 은
혜를 발견하기까지 다시 처음부터 시작해야 할 일들이 있습니다.

---

48) 2009년 10월 2일, (구약성경) 스가랴 8:18~23

첫째로, "기억하라(remember)"는 것입니다.

그렇다면 무엇을 기억하라는 것입니까? 하나님께서는 시대와 역사 속에서 끊임없이 말씀하고 계십니다.

"내가 누구이더냐?"

둘째는 "회개하라(repentance)"는 것입니다.

진정한 회개를 잃어버린 세대 가운데 우리는 끊임없이 하나님 앞에서 개혁적인 존재(reformed being)로 살아가야 합니다.

셋째는 "돌아오라(return)"는 것입니다.
하나님께서는 오늘도 잃어버린 하나님의 백성들이 돌아오기를 원하고 계십니다.

이 세 가지의 모습은 하나님의 은혜를 발견할 수 있는 중요한 인생과 믿음의 '터닝포인트(turning point)'가 됩니다.

감사의 고백[49)]

Thanks to you.

나를 위해 기도해 주시고,

따뜻한 응원과 격려를 보내 주시는

당신은 나의 소중한 수호천사입니다.

당신이 있기에

나는 오늘을 살고 내일을 꿈꿉니다.

Thanks to God.

---

49) 2013년 10월 4일

아직 내게 생명주시고
삶의 의미와 행복을 느끼게 하심을,
같은 하늘 아래에서 사랑하는 사람들과
함께 살아갈 수 있게 하심을 감사합니다.

향기 나는 사람⁵⁰⁾

'향기'는 '코로 맡을 수 있는 좋은 냄새'를 뜻합니다.
헬라어로는 '에오디아'라고 부릅니다. 이 말은 '향기로운 제물을
태울 때 나는 좋은 냄새'를 의미합니다.

향수 1온스(28.3g)를 만들기 위해서는 1톤의 장미 꽃잎이 필요하
다고 합니다.
어디서나 아름다운 향기의 사람이 되기까지 나 자신은 삶 속에서
얼마만큼 노력하며 많은 일들을 경험해야 할까요?

---

50) 2005년 4월 23일

Aroma of Christ
Aroma of you

ANDREW
JEONG
1974

2

아름다운 향기는 사람들을 행복하게 합니다.
신약성경 고린도후서 2장 15절 말씀에서도 사도 바울은 다음과
같이 선포합니다.

"우리는 구원 받은 자들에게나 망하는 자들에게나
하나님 앞에서 그리스도의 향기니."

우리는 하나님 앞에서 그리스도의 향기입니다.
그리스도인이 된다는 것, 그리고 그리스도인답게 살아간다는 것
은 이러한 그리스도의 향기를 필요로 합니다. 외면의 향기보다
내면의 향기가 더 중요합니다. 그래서 그리스도인에게는 아름다
운 향기를 발하기 위해서 많은 인내와 노력이 필요합니다.
자기관리와 감정의 조절도 필요합니다. 그래도 잘되지 않을 때는
우리에게 하나님의 전적인 은혜가 필요한 삶의 연속입니다.

그리스도인은 삶의 자리에서 역사적인 책임의식을 가지고 살아가
야 하는 사람들입니다.
매순간 만남의 사람들과 상황 앞에서 나는 어떤 모습입니까? 그
리스도의 향기를 발하는 사람입니까? 아니면, 썩은 악취를 발하
는 사람입니까?

사람들은 감동을 원하고 있습니다.

아름다운 당신의 향기를 통해 그리스도의 향기가 흘려 넘쳐 만나는 사람들에게 그리고 모든 상황 앞에서 행복과 감동을 줄 수 있기를 바랍니다.

아름다운 동행[51]

고(故) 방지일 목사님은 목회자들과 교인들에게 사랑과 존경을 받으신 한국교회의 산증인이시자, 최초의 중국 선교의 기초를 세우며 평생을 선교적 마인드로 사셨던 분이십니다.

그분은 언제나 십자가와 복음, 그리고 회개의 삶을 강조하셨습니다. 이런 훌륭한 선교사이자, 목회자이셨던 고(故) 방지일 목사님은 은퇴 후에도 열정적인 사역을 감당하셨습니다.

향년 104세의 일기로 하나님의 부르심을 받기까지 그분이 감당하셨던 사역의 역량은 재임 시절 못지않게 큰 영향력을 끼치셨습니다.

하지만, 이러한 목사님 뒤에는 조용히 목사님을 모시고 아낌없는 섬김으로 헌신하신 두 번째 원로목사님이신 김승욱 목사님이 계셨습니다. 자신은 철저히 내려놓으시고 오직 고(故) 방지일 목사님의 사역에 힘이 되기 위해 언제나 겸손하게 동행하신 아름다운 모습을 보여 주신 분이십니다.

여기에 현재 영등포교회 담임이신 임정석 목사님은 이 두 분의 어르신을 예의와 사랑으로 잘 섬기신 본을 또한 보여 주셨습니다. 어르신들을 잘 섬기는 모습이 어떠한가를 몸소 보여 주신 것이지요!

오늘날 한국교회가 원로목사님과 후임목사님의 갈등으로 본의 아니게 어려움을 많이 겪고 있는 이때에 두 분의 원로목사님과 좋은 동역의 관계로 사역을 잘 감당하시는 모습은 분명히 누구나 쉽게 감당할 수 있는 일이 아닙니다.

기억나는 일화가 하나 있습니다. 고(故) 방지일 목사님께서 살아 계셨을 때, 해마다 새해에 목사님께 모든 교역자들이 인사를 드리러 자택을 방문하였습니다.
예배를 마친 후에는 방 목사님께서 직접 만드신 '영생도'라는 놀이를 했습니다. 목사님은 이 놀이를 위해 늘 좋은 선물들을 준비해 놓으시고, 놀이의 끝자락인 먼저 천국으로 입성한 사람부터 순서대로 선물을 고를 수 있도록 해 주셨습니다.

살아생전 교인들에게도 대접하기를 아끼지 아니하셨고 후배 목회자들을 위해서도 늘 나눔의 기쁨을 누리셨던 고(故) 방지일 목사님은 일일이 다 열거할 수 없지만, 섬김의 아름다움도 보여 주신 분이십니다.

아름다운 동행의 삶을 보여 주신 세 분 목사님께 진심으로 감사의 마음과 존경을 담습니다.

Between two worlds[52]

우리는 두 세계 사이에서 살아갑니다.
하나는 현실의 세계입니다.
또 다른 하나는 믿음의 세계입니다.

우리의 인생 속에서 우리는 폭풍을 가지고 있습니다.
만일 당신이 어떤 고난과 고통의 문제를 경험하고 있다면,
삶을 포기하고 싶은 만큼 절망감과 좌절감을 느끼기도 할 것입니다.

---

52) 2013년 10월 13일

2

그러나 우리는 모든 문제에 대해서
하나님의 시간과 우리의 시간이
다르다는 사실을 인식할 필요가 있습니다.
인간의 역사는 하나님의 역사이고,
인간의 시간은 하나님의 시간이기 때문입니다.

매우 중요한 한 가지 사실은 다음과 같습니다.
현실은 믿음의 세계를 해석할 수 없지만,
믿음은 현실의 세계를 해석할 수 있습니다.
분명히 기억하십시오.
하나님께서는 우리의 문제를 알고 계십니다.
하나님께서는 침묵하지 않으십니다.

그래서 믿음이 중요합니다.
당신은 믿음이 필요합니다.
하나님께서 당신의 삶 속에서
길을 만들어 주시고 인도하여 주실 것입니다.
하나님에 대한 믿음 없이는 그것은 아무것도 아닙니다.

당신은 이러한 믿음을 통해서
하나님의 아름다운 사랑의 이야기를 발견할 수 있을 것입니다.
저는 그러한 사실을 믿습니다.

질문의 출발점[53)]

인간은 질문으로부터 시작해서 질문으로 삶을 마칩니다.

그런데 중요한 사실은 어정쩡한 대답 열 가지보다 정확하고 확실한 질문 한 가지가 때로는 인생의 한복판에서 더 의미가 있고 가치가 있을 때가 있다는 것입니다.

그뿐만 아니라 그 질문이 자신의 삶의 방향을 송두리째 바꾸는 결정적인 역할을 할 때도 있습니다.

전통적으로 모든 인간은 한 번쯤 다음과 같은 인생에서의 질문을

---

53) 2009년 1월 6일

던지곤 합니다.

20대 전까지: 나는 누구인가? (who) 나는 어디로부터 왔으며 어디로 가는가? (where)

20~40대 전까지: 나는 무엇을 해야 하며, 어떤 사람이 될 것인가? (what)

40대 이후: 그러면 나는 어떻게 살아야 하는가? (how)

저는 모든 질문의 출발점(starting point)이 하나님으로부터 출발했으면 좋겠습니다. "하나님이라면 어떻게 생각하실까?" 질문의 출발이 좋으면, 삶의 자리에서 표현되는 행동 양식도 좋을 것입니다.

오늘 이 시간, 하나님께서 기뻐하실 질문을 시작하십시오.

We deliver for you[54]

뉴욕에서 유학하고 있을 때,
운전을 하다 보면 가끔씩 미국 우체국 차량과 마주치게 됩니다.

독수리를 상징하는 마크인 것 같은데
굉장히 단순화시켜 디자인한 마크에
특별히 눈에 띄는 문구가 있었습니다.

그것은 "We deliver for you"라는 문구입니다.

54) 2011년 5월 23일

2

저에게는 매우 인상적인 문구로 다가왔습니다.

물론 미국과 같은 상업주의가 강한 나라에서 분명 그 글귀는
상업적 목적을 가지고 있는 문구임에는 틀림없었지만,
정말 고객을 위해서 잘 포장했다는 생각이 들었습니다.

그러면서 문득 이런 생각을 해 보았습니다.
그리스도인으로서 우리는 비그리스도인에게 무엇을 전달해야
할까?

We deliver the love of God for you!

PART 03

하나님의
사랑을 말하다

선택 ⁵⁵⁾

설렘의 시작.

예수님께서는 저와 여러분을 사랑하시기로 결정하셨습니다.
내가 알든지 모르든지…….
이해하든지 이해하지 못하든지…….
주님은 우리를 부르시고 선택하여 주셨습니다.

이 사실이 언젠가 여러분의 마음을 두드릴 때가 있습니다.

---

⁵⁵⁾ 2011년 11월 7일

바로 예수 그리스도를 진심으로 만날 때입니다.

선물 ⁵⁶⁾

사랑하는 여러분,
분명히 기억하십시오.

인류 역사상 '최고의 선물'을
하나님께서는 준비해 주셨는데
그분은 바로 '예수 그리스도'이십니다.

I am the way and the truth and life

• John 14:6 •

하나님의
시나리오 57)

하나님의 시나리오의 끝은 언제나 아름답습니다.
인생의 여정 속에서
믿음의 여정 속에서
때로는 내 마음대로 대본을 바꾸고 싶더라도

끝까지 가십시오.

중간에 포기하거나 수정하지 말고

---

57) 2012년 4월 22일

에벤 에셀

당신을 향한
하나님의 도우심

ANDREW
JEONG
1974

하나님의 대본 대로 끝까지 가면,

나를 위해 완성된

아름다운 하나님의 시나리오를 발견할 수 있을 것입니다.

하나님의
디자인 58)

하나님께서는 태초에 말씀으로 천지를 창조하셨습니다.
하늘과 땅과 별들과 모든 만물을 만드신 하나님께서는
심히 보시기에 기뻐하셨습니다(it was so good).

그뿐만 아니라 하나님의 창조 질서의 원리 가운데
최고의 하이라이트(highlight)는

58) 2004년 10월 3일
59) 포이에마(Poiema)란? 포이에마는 헬라어로 '만들다'라는 뜻. 참고로 신약성경
　　에베소서 2장 10절에 나오는 '만드신 바'라는 말은 헬라어로 '포이에마'이고,
　　'걸작품'이라는 뜻을 가지고 있음. 그리고 '시'를 뜻하는 영어 단어인 포임(poem)
　　역시 이 단에서 유래됨.

바로 하나님의 형상대로 인간을 창조하신 것입니다.
하나님의 최고의 걸작품이자 디자인.
바로 저와 여러분입니다.

포이에마.[59]
디자이너가 되신 하나님께서
당신을 아름답게 창조하신 그 한 가지 사실을 꼭 잊지 마세요.

당신은 사랑받기 위해 태어난 하나님의 소중한 존재입니다.

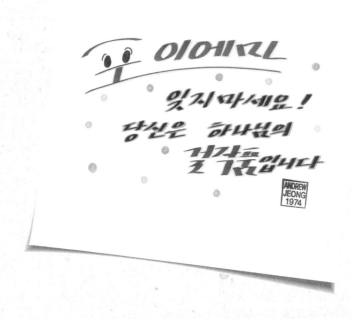

하나님의
프러포즈[60]

"변함없는 하나님의 프러포즈는
내가 살아가는 이유와 설렘,
그 자체입니다."

60) 2006년 7월 6일

The love story

설렘

ANDREW
JEONG
1974

러브소나타:
설렘 61)

하나님께서 우리에게 내미시는 손길은 사랑의 손길입니다.
우리가 하나님께 내미는 손길은 믿음입니다.

하나님의 사랑 때문에 우리는 사랑을 말할 수 있고, 사랑을 노래
할 수 있습니다.
하나님께서 들려주시는 러브소나타는 '설렘'입니다. 하나님께서
우리에게 보여 주신 사랑을 알아가는 것, 발견하는 모든 과정은
설렘입니다.

---

61) 2014년 2월 2일

그렇습니다. 사랑은 하나님의 속성입니다. 하나님의 마음은 사랑으로 가득 차 있습니다. 예수 그리스도의 십자가와 부활도 하나님의 사랑입니다.

사람에게는 무엇보다도 사람과의 관계가 중요합니다.
자연이 아무리 아름답고, 돈이 아무리 소중하여도 궁극적으로 사람보다 더 소중하고 사랑스러운 것은 없습니다.
나의 모습, 나의 외모, 나의 젊음, 이 모든 것도 나이가 들고 시간이 흐르면 모두 변하게 됩니다. 흰머리가 생기고, 주름살이 생기고……. 육체는 변해도 중요한 것은 마음입니다.

사람이 나이가 들어도 사랑하는 마음!
주님 닮아 가는 마음!
마지막까지 사랑하는 마음이 있다면
그 인생은 결코 불행한 인생이 아닐 것입니다.

가장 싫증나지 않고 오랜 시간 동안 행복을 주는 존재가 바로 사람입니다.
세상이 아무리 변한다 해도 여전히 세상을 움직이고, 사람을 감동시킬 수 있는 힘은 사람에게 주어져 있습니다. 그것은 하나님께서 인간들에게 허락하신 은혜입니다.

LOVE

3

그리고 그 사랑의 힘이 움직일 때, 매우 작은 변화에도 세상은 감동을 받게 되어 있습니다.

그렇다면 이제 우리는 어떻게 살아야 한다는 것입니까?

"자녀들아 우리가 말과 혀로만 사랑하지 말고 행함과 진실함으로 하자."(요일 3:18)
"내가 사람의 방언과 천사의 말을 할지라도 사랑이 없으면 소리 나는 구리와 울리는 꽹과리가 되고, 내가 예언하는 능력이 있어 모든 비밀과 모든 지식을 알고 또 산을 옮길 만한 모든 믿음이 있을지라도 사랑이 없으면 내가 아무것도 아니요."(고린도전서 13:1~2)

그래서 중요한 질문이 있습니다.
그것은 "나에게 사랑이 있느냐?"입니다. 다른 사람이 아니라 내게 사랑이 있느냐가 중요합니다.
기억하십시오!
결국 사랑이 이깁니다.
그래서 모든 것이 사랑이어야 합니다.
긴 고통의 터널 속에서도
누군가의 손을 따뜻하게 잡아줄 때도
우리 예수님께서 그러하셨듯이

모든 마지막의 대안은 사랑밖에 없습니다.

"Shall we dance? 나와 함께 춤을 추겠니?"
"네, 주님! 그리고 싶습니다. 주님께서 내밀어 주시는 따스한 사랑
의 손길을 붙잡고 주님의 마음을 담고 싶습니다. 이 험한 세상! 이
혼탁한 세대 속에서 주님 사랑하는 마음 가지고 살고 싶습니다. 러
브소나타의 음률에 맞추어 설렘 가득한 마음을 가지고 주님과 함께
춤을 추고 싶습니다. 그리고 세상 속에서 누군가의 그 무엇이 되어
하나님 사랑의 마음이 담긴 러브소나타를 들려주고 싶습니다."

하나님의 이야기는 언제나 아름답습니다. 그리고 시작과 끝이 언
제나 사랑으로 통합니다.
기독교 신앙의 핵심은 '하나님의 사랑의 이야기가 우리들의 이야
기 가운데 어떻게 나타나는가'입니다.

"내가 그리스도와 함께 십자가에 못 박혔나니 그런즉 이제는 내
가 사는 것이 아니요, 오직 내 안에 그리스도께서 사시는 것이라.
이제 내가 육체 가운데 사는 것은 나를 사랑하사 나를 위하여 자
기 자신을 버리신 하나님의 아들을 믿는 믿음 안에서 사는 것이
라."(갈 2:20)

이 세대 가운데 들려주시는 우리 주님의 말씀입니다.

기적을
말하기 전에[62]

당신에게 기적이 있기를 바랍니다. 우리에게 기적이 있기를 바랍
니다. 기적! 기적은 분명히 있습니다.
그런데 기적을 말할 때 우리의 고민이 어디에 있습니까?
그것은 바로 우리가 살아가는 세상, 즉 믿음과 현실 사이에서 기
적이 상식이 되지 못할 때입니다.

우리가 살아가면서 특별히 기적을 바라는 순간들이 참 많습니다.
중병과 큰 병에 걸리신 환자들이나 또 갑작스러운 재난이나 대형

---

62) 2014년 8월 24일

사건 같은 경우가 그렇습니다.

늘 우리의 바람은 당장 보이는 현상으로서의 기적을 기대합니다.

물론 지금 당장 보이는 기적도 중요하지만, 그보다 먼저 선행되고 우선순위 되어야 할 주제가 있습니다.

그것은 바로 '사랑하는 마음'입니다.

사랑하는 마음에서 우러나오는 배려와 공감, 그리고 소통은 사람들에게 큰 감동과 변화도 일으키지만, 기적을 일으킬 수 있는 가능성을 열어 갑니다.

기적을 어떤 거창한 현상으로만 이해하지 마십시오. 신유적인 은사의 사건만으로도 이해하지 마십시오. 우리가 누군가의 무엇이 되어 사랑하는 마음으로 수고하고 헌신하여 한 알의 밀알이 될 수 있다면, 지금 당장이 아니더라도 훗날 기적을 만들어 갈 가능성이 있습니다.

신약성경의 오병이어 사건의 말씀은 4복음서[63]에 모두 등장할 정도로 중요한 위치를 차지하고 있습니다.

그런데 늘 오병이어의 사건을 바라볼 때 우리의 관심은 어디에 있는 줄 아십니까? 바로 예수님께서 행하신 기적의 역사에 있습니다.

본문의 말씀을 차근차근 집중해서 읽다 보면, 예수님의 기적 사

---

63) (신약성경) 마 14:13~21, 막6:30~44, 눅 9:10~17, 요 6:1~14

기적
miracle

사랑하는 마음속에
Compassion

기적이
이뤄 바랍니다

ANDREW
JEONG
1974

건 이전에 더 중요한 한 가지 사실을 발견하게 됩니다.

그것은 바로 '예수님의 마음'입니다. 예수님의 마음은 기적보다 우선순위에 있습니다. 마가복음 6장 34절의 말씀에 주목합니다. "예수께서 나오사 큰 무리를 보시고 그 목자 없는 양 같음으로 인하여 불쌍히 여기사 이에 여러 가지로 가르치시더라."

'목자 없는 양같이", '불쌍히 여기사'(NIV: compassion)
여러분! 기적을 말하기 전, 우리가 항상 기억해야 할 사실은 예수님의 마음입니다.
기적을 베푸시는 자리! 치유의 역사가 있는 자리에는 언제나 우리 예수님의 사랑의 마음이 있습니다.
예수님의 위대한 사랑은 위대한 역사를 만들었습니다. 따라서 언제나 위대한 사랑 뒤에는 위대한 기적이 있었습니다.

기적이 일어나길 원하십니까?
우리 예수님의 마음에 주목하십시오.
그리고 주님의 'compassion'의 마음을 닮아 가십시오. 그러면 기적은 언젠가 우리의 현실 속에서 역사하는 은총이 될 줄 믿습니다.

어머니의 마음을
간직하다[64)

어머니 마리아는 십자가에 달리신 예수 그리스도를 바라보고 있습니다.

그를 생각하면 너무나도 고통스런 마음과 애절한 슬픔이 밀려옵니다. 절망의 현장에 서 있는 것이지요. 자식을 향한 어머니의 마음은 오죽할까요?

어머니 마리아는 지금 온통 혼란스럽고 복잡한 마음으로 가득합니다. 지난 30여 년의 인생 여정이 마치 한 편의 파노라마처럼 뇌리를 스쳐 지나갑니다.

---

64) 2013년 5월 26일

보여줄 수 있는
사랑은 아주 작습니다

그 뒤에 숨어있는
보이지 않는
위대함에 견주어 보면 …

칼릴 지브란

3

사실 마리아는 예수 그리스도에 대한 첫 번째 증인입니다. 그리고 직접적인 증인입니다.

자식의 잉태로부터 출산, 그리고 성장과정을 가장 잘 아는 분은 바로 어머니 마리아밖에 없습니다. 어머니보다 더 자식을 잘 아는 분이 이 땅에 또 어디 있을까요?

저에게도 어머니에 대한 애절한 마음이 있습니다.

2004년 9월 어느 날, 갑작스러운 소식을 듣게 되었지요. 목회자로 분주하게 살고 있던 저에게 어머니가 정기검사 후에 상황이 좋지 않다는 여동생의 소식을 들었습니다. 그래서 일단 서울대병원을 예약해 놓고 심각한 상황이 일어나지 않기를 조심스럽게 바라면서 모든 검사를 마쳤습니다.

하지만 검사 결과는 돌이킬 수 없는 췌장암이었습니다.

생존율 7%도 되지 않는 엄청난 결과 앞에 여동생과 저는 망연자실할 수밖에 없었습니다. 눈앞이 캄캄하고, 가슴이 너무나도 답답하고 먹먹했습니다. 아니, 그냥 이 모든 상황이 꿈이었으면 좋겠다고 생각했습니다.

의사 선생님께 재차 여쭈어 봐도 방법이 없다고 말씀합니다. 어느 정도 사시겠냐고 물었더니 선생님은 "저는 의사이지 신이 아닙니다." 그러시더군요.

서울대병원 현관문을 나서는데 저희들의 마음을 알았는지, 그날 따라 하늘에서 보슬비가 하염없이 내리고 있었습니다. 동생과 저는 어머니를 양쪽에서 부축한 채 서로 고개를 돌려 어머니께 들키지 않게 다른 방향을 바라보며 하염없이 눈물을 흘렸습니다.

그 후로, 어머니는 힘든 투병 생활 가운데서도 신앙 안에서 희망을 품고 긍정적으로 사시려고 노력하셨습니다. 저희도 어머니의 희망이 곧 기적이 되길 바라면서 기도하였습니다.

그러다가 시간이 흘러 거의 일 년이 되어 가는 8월 초순이었습니다.

어머니의 상황이 일 년쯤 되니까 급격히 나빠지기 시작했습니다. 그런데 그 시점에 저는 터키 단기선교를 청년들과 함께 다녀와야 했습니다. 마음은 너무나도 불안하고 걱정이 되었지만, 제가 가지 않으면 안 되는 상황이어서 어머니를 뵐 때, 이렇게 말씀드렸습니다. "어머니! 저 다음 주부터 한 보름 정도 터키에 갔다 옵니다. 그때까지 저 기다려 줄 수 있죠?"

어머니는 그저 저의 눈을 바라보시면서 고개를 끄덕이셨습니다. 그리고 어머니를 뒤로한 채 저는 선교를 떠났습니다.

정신없는 시간들이 흘렀고, 예정된 선교 일정을 모두 마치고 마지막 날 이스탄불 공항에 도착했을 때였습니다. 갑자기 전화벨이 울리기 시작했습니다. 순간 엄습해 오는 엄청난 불안감으로 심장이 터질 것 같았습니다.

조심스럽게 받았더니, 아니나 다를까. 어머니가 그날 새벽에 하나님의 부르심을 받았다는 것이었습니다. 순간 저는 그 자리에 털썩 주저앉아 울음을 터트렸습니다.

돌아오는 시간이 얼마나 길던지요!

인천공항에 도착해서 대구로 내려갔습니다. 파티마병원 장례식장에는 제가 맏이다 보니, 모두가 근 하루를 기다리고 있던 상황이었습니다. 그리고 돌아가신 어머님의 마지막 모습을 보고 장례를 마쳤습니다.

그런데 장례를 마치고 나서 막내이모님이 저에게 이렇게 말씀하시는 것이었습니다. "권아! 니 엄마! 니 기다리다 3일 전부터는 눕지도 않았다. 니 얼마나 기다렸는지 아나?"

나중에 안 사실은, 어머니는 누우면 돌아가실 것 같아 하루에 모르핀을 여섯 대씩 맞으며 아들을 기다렸던 것입니다.

그 이야기를 듣는 순간, 저는 대성통곡을 할 수밖에 없었습니다. 이것이 적어도 제가 아는 어머니의 마음이었습니다.

그렇습니다.

지금 어머니 마리아는 예수님의 모습을 보고 있습니다. 그렇게 가슴으로 품고 애지중지 키웠던 아들 예수가 지금 인류를 구원할 위대한 사명을 가지고 십자가에 달려 있습니다. 피 흘리는 아들의 모습을 어찌 맨눈으로 볼 수 있습니까?

"아들아! 그래 힘들지? 이게 하나님께서 원하시는 구원의 방법이
맞니?"

이것이 바로 어머니 마리아의 마음입니다.

그런데 이런 애타는 어머니의 마음을 뒤로하고 뜻밖에 예수님께
서는 오히려 어머니 마리아를 위로합니다.

"여자여, 보소서. 아들이니이다."

"네, 어머니! 맞아요! 저 육신으로 품은 당신의 아들 맞아요! 더
이상 슬퍼하지 마세요! 저는 하나님의 꿈을 이루기 위해 십자가에
서 죽지만, 이게 마지막이 아니에요."

그리고 예수님께서는 제자에게 어머니를 부탁하십니다.

사랑하는 여러분!

사실 육신에 속한 사람으로서의 본능적인 모성과 메시아에 대한
신앙이 교차하고 있는 마리아의 마음은 이 두 경계선 사이에서 얼
마나 매 순간순간마다 갈등과 긴장을 하고 있었을까요? 특별히
십자가에 달린 아들 예수의 모습을 바라볼 땐, 고단한 어머니로
서의 인생이 담겨 있습니다.

어머니는 분명히 위대한 존재입니다.

그런 의미에서⋯⋯.

이 땅의 모든 어머니들에게 사랑의 고백을 전해 보세요!

"어머니! 사랑합니다." 그리고 "축복합니다."

하나님의
초점65)

하나님의 초점(God's focus)으로 보면,
어느 누구든지 주목(spotlight)을 받을 수 있습니다.

우리의 초점은 뛰어난 사람들(상위 1%~10%)에게 맞추고 있지만,
하나님의 이야기 속에서는 10%에 들지 않는 사람들조차도
인생의 주인공이 될 수 있습니다.

예로 영화나 드라마 같은 경우,

'누구에게 초점이 맞추어져 있느냐'에 따라
진행되는 스토리는 달라집니다.
물론 대부분의 이야기가 주연(주인공)에게 관심이 쏠려 있지요.

하지만, 성경 속에서 하나님께서 사용하신
하나님의 사람들은 매우 다양합니다.
분명한 사실은 그들이 모두 사람들이 보기에
뛰어난 사람들만으로 구성되거나
쓰임을 받은 것은 아니라는 것입니다.

단지 그들은 자신의 상황과 위치, 신분을 떠나
하나님의 부르심에 응답했을 뿐입니다.

하나님의 부르심에 응답하십시오.
당신도 하나님께서 소중히 사용하시는
믿음의 주인공이 될 수 있습니다.

예수님
바라보기 ⁶⁶⁾

우리는 로고스 세대(logos generation)입니다.

로고스 세대는 믿음이 중요합니다.

믿음을 가지게 될 때,

예수 그리스도에 대한 믿음이 생기기 시작할 때,

새로운 세계가 펼쳐집니다.

기억하십시오.

우리는 믿음의 경주를 하는 사람들입니다.

---

66) 2013년 12월 15일

3

임마누엘

God with us

"하나님께서 우리와
함께 하시도다"
(Mathew 1:23)

ANDREW
JEONG
1974

믿음의 최종 목표인 예수님을 바라보십시오.
그리고 예수님을 사랑하십시오.
예수님을 사랑하면 그 사랑의 마음과 표현이
현실 속에서 나타납니다.

그런데 우리가 아니라 주님이
우리를 먼저 사랑하시기로 작정하셨고
무조건적으로 사랑하시기로 결정하셨습니다.

그래서 우리는 주님의 사랑을 말하고
우리는 주님 사랑의 위대함을 노래합니다.

우리 평생에 바라보아야 할 그 이름.
소중히 간직해야 할 그 이름.
그리고 달려가야 할 믿음의 경주의 최종 목표는
바로 예수 그리스도이십니다.

여러분을
축복합니다

사랑하는 여러분!
우리 앞에 어떠한 사건과 환경이
기다리고 있다 할지라도
두려워하지 마십시오.
놀라지 마십시오.

우리의 모든 생각의 채널을
예수님께 고정할 수 있기를 바랍니다.

왜냐하면 모든 문제의 해결은

바로 예수님께 있기 때문입니다.

따라서 날마다의 삶 속에서
참된 예배자로, 주님과 동행하시는
복된 삶이 되시기를 바랍니다.

그리고 분명히 기억하십시오.
"이 예배당을 나서는 순간부터 예배는 시작됩니다.
그리고 우리는 모두 세상을 향한 그리스도의 향기입니다."

여호와는 네게 복을 주시고 너를 지키시기를 원하며

여호와는 그 얼굴로 네게 비취사

은혜 베푸시기를 원하며

여호와는 그 얼굴을 네게로 향하여 드사

평강 주시기를 원하노라.

[구약성경 민수기 6:24~26, 아론의 제사장적 축복]

주 예수 그리스도의 은혜와 하나님의 사랑과 성령의 교통하심이

너희 무리와 함께 있을지어다.

[신약성경 고린도후서 13:13, 바울의 사도적 축복]

축도: 목사 정용권

E · P · I · L · O · G · U · E

이 책을 마치면서

함께 여행해 주셔서 감사합니다.

인생을 살아가면서 누군가에게 작은 위로와 기쁨을 나눌 수 있다면 그 인생은 참으로 행복한 인생입니다. 그리고 나 자신으로 인해 행복을 느끼고 작은 힘이 됨을 발견한다면 정말 의미 있는 일이 아닐 수 없습니다.

비록 글로 표현함이 제한적이고, 인격 대 인격으로 만날 수는 없지만, 따뜻한 가슴으로 대화하길 원합니다. 내가 사랑하는 모든 사람들 그리고 삶의 의미가 필요한 모든 이들에게 아름다운 감동의 이야기가 있기를 소망합니다.

그리고 여러분 자신도 누군가에게
따뜻하고 의미 있는 존재가 되길 소망합니다.

오늘도 삶의 여정과 믿음의 여정 속에서
하루하루 새롭게 시작하는 여러분들에게

하나님의 크신 은총과 사랑이
항상 함께 하시길 간절히 기원합니다.

감사합니다. 행복하세요.

정용권 올림